백석이라니

백석이라니

이은선

목차

원주 토지문화관

간혹 끼니를 놓친 작가들을 불러내어
대추나무집에서
막국수를 사먹이셨다는
일화는 정말로 부러운 이야기였다

박경리 토지 로드라니
원주 토지문화관

　나에게 토지문화관은 멧돼지 떼가 창궐한 한여름 밤 옥수수밭의 기억으로 남은 곳이다. 2018년 여름 두 번째 소설집의 교정지와 가을호 계간지 마감이 겹쳐서 얼마간은 저돌적인 마음으로 문인 창작실에 입소한 터였다.

　만두찜기의 뚜껑을 연 것 같은 숨 막히는 공기가 산골짜기까지 꾸덕하게 들어찬 하오였다. 저녁나절이 되어도 청쾌한 바람은 쉽사리 산골로 내려오지 않았다. 그런데 저 요상한 발자국들은 뭐지? 창작실에서 식당으로 가는 길목에 찍힌 크고 작은 주먹 모양의 발자국 주인이 멧돼지라는 사실은 창작실에 먼저 입소한 전성태 소설가가 일러 주었다.

　멧돼지든 고라니든 중요하지 않았다. 저녁 식사가 끝나면 곧바로 창작실 베란다 창문을 뚫고 들어오는 벌레 소리를

BGM 삼아 원고 작업에만 매달려야 했기 때문이다. 그렇게 바쁜데도 식후에 작가들이 산책을 가자고 해서 따라 나섰고, 너무 바빠서 숨 쉴 틈도 없다며 온갖 엄살을 SNS에 적어 놓고도 전성태 소설가가 "여기 말고 저쪽 계곡 가서 발 좀 담그자."라고 한마디 했을 뿐인데 곧장 물속으로 돌진할 것처럼 앞장서서 계곡으로 향했다. 밤 10시가 조금 지나고서야 겨우 숨이 좀 가라앉을 만한 바람이 내려왔다. 그리고 바람을 따라 산골의 멧돼지도 왔다.

　창밖의 기척이 심상찮다는 핑계로 베란다에서 밖을 내다보는 중이었다. 어느 정도 어둠이 눈에 익자 하늘보다 더 어두운 옥수수밭 한가운데서 어떤 움직임이 보였다. 만일 나에게 귀신을 보는 눈이 트였다면 헛것에게라도 빌어 보고 싶은 시기였기에 내 눈은 어둠 속의 움직임에 집중되어 있었다. 그런데 저것이 진짜인지, 옥수수밭이라도 뒤흔들어 내게 문장을 좀 내려 달라(팝콘 터지듯이, 마른 강냉이 도리깨에 털리듯이!) 빌고 싶은 마음의 흔들거림인지 몰라서 그때는 그냥 그렇게 넘겨 버렸다. 그 밤 내내 일사불란한 기척들이 옥수숫대 사이를 누비는 소리를 들으며 간신히 새벽을 맞이했다.

　다음 날 남들이 점심 먹을 때쯤 일어나 식당으로 가다 보니 옥수수밭 한가운데가 우주선이 앉았다 간 모양새로 둥그렇게 파헤쳐져 있었다. 식당에서는 어젯밤에 내려왔다는 멧돼지들 이야기가 한창이었다. 옥수수밭과 고구마밭이 점점 더 크게 헤쳐진다는 사실도 덧붙여 들려왔다. 작가 대부분이

어둠 속의 어떤 움직임을 보았던 모양이다. 아, 작업이 잘 안 되는 것은 비단 나만의 일이 아니구나 싶어 한편으로는 마음이 놓이기도 했다.

덕분에 아침마다 밭의 안부를 확인하는 것이 또 다른 일과가 되었다. 엄밀히 따지자면 산짐승의 공간을 우리가 침범한 셈이기도 했으니 잘못은 이쪽에 있었지만 말이다. 특히 전성태 소설가가 옥수수밭과 멧돼지에 대한 관심이 지대했다. 그가 웹진에 연재 중이던 소설에 '돼지잡이'가 나오는 것으로 보아 그 멧돼지의 영향을 받았다고 나는 아직도 믿는다.

나는 원고가 풀리지 않을 때마다 박경리 선생께서 손수 일구시던 밭과 장독대에 다녀왔다. 선생의 거처를 지키는 거위 떼가 꽉꽉 우는 곳이었다. 그 소리를 따라 창작실과 선생의 울 안까지 오가는 길이 내가 부릴 수 있는 최대치의 여유였기 때문이다.

정갈한 장독대와 두둑하게 북이 오른 밭이랑을 볼 때마다 직접 농사를 지어 수확한 작물로 하루에 한 끼는 꼭 직접 반찬을 만들어 후배 작가들의 식사를 챙겼다는 선생의 모습이 생생하게 그려졌다. 간혹 끼니를 놓친 작가들을 불러내어 '대추나무집'에서 막국수를 사 먹이셨다는 일화는 정말로 부러운 이야기였다.

그곳에 가만히 앉아 있으면 산짐승의 울음도 더위도 잠시 잊을 수 있었다. 자연의 모든 것은 우리가 후대에게 잠시 빌려 쓰는 것일 뿐이라는 선생의 말씀에 따라 자연친화적으로 지은 문화관의 모습과 인위적인 것을 최대한 배제하며 살아가고자 한 그분의 뜻이 곳곳에 밴 자리였다.

생의 마지막까지 밭둑의 흙을 돋우며 생활하신 선생답게 남겨진 것들은 매우 소박하기 그지없었다. 선생께서 손수 지은 옷가지와 밀짚모자, 호미와 낫 같은 농기구가 생전 그대로 놓여 있었다. 허울 좋은 건물 이름을 크게 쓴 문학관보다는 문인 창작실을 지어 후배 작가들의 작업을 응원한 그 정신 그대로 오로지 작가들의 복지만 추구하고 당신께서는 직접 흙과 돌 틈에서 최대한 자연 그대로의 삶을 사셨다고 한다.

그러는 동안에도 창작에 대한 열의만큼은 타의 추종을 불허했다는 이야기가 떠오를 때마다 이렇게 앉아 게으름을 피우는 나 자신이 부끄러웠다. 소리 내어 들리지는 않지만 게으른 후배를 향한 정갈한 꾸짖음, 그렇지만 응원과 격려를 한꺼번에 전해 받는 듯한 그 감각은 오로지 선생의 울타리 안에서만 느낄 수 있는 것이었다.

신문 연재의 취재라는 핑계로 선생께서 사용하던 모든 물건이 고스란히 자리를 지키는 거처에도 들어가 보았다. 훗날 이곳은 전시장으로 탈바꿈할 거라는 토지문화관장님의 말씀을 뒤따라가니 예전에 선생께서 어느 글에 쓴 그 나비장이 은은한 분위기를 풍기며 방 한쪽에 놓여 있었다. 한국전쟁 때 이불에 싸서 마른 우물에 던져 놓고 피난 갔다가 천신만고 끝에 돌아와서 건져 낸 것이라 했다. 선생께서 돌아가시기 전까지 애지중지하며 아낀 장과 필기구와 오래된 살림살이, 태우시던 담배 보루까지도 그대로인 이곳은 선생이 곧 문을 열고 들어올 것처럼 무척 현실적인 공간이었다.

이곳은 토지문화관을 모르거나 거쳐 가지 않은 작가가 드물 정도로 창작하는 사람들에게는 고요한 꿈의 공간, 선생의 창작열을 느낄 수 있는 산실이다. 누구도 선뜻 문인의 복지를 이야기하지 않던 시절에 기꺼이 사재를 헌사하여 지은 이 공간을 선생께서는 무척 아끼고 사랑하셨다 전해진다.

토지문화관은 원주 흥업면 매지리 산골에 있지만 제주도와 경상도 전라도를 비롯한 전국 각지에서 작가들이 몰려들었고, 급기야 국외 작가들도 한번쯤 다녀가고 싶은 공간으로 손꼽히는 장소가 되었다. 중견과 신진을 가리지 않고 고루 지원하는 문화관의 정책도 한몫했다. 국내 지원을 넘어 해외 레지던스까지 교류를 넓혀 나갔다. 매년 봄이면 새로운 작가들이 입주하여 60일, 길게는 90일 정도 머물다 돌아간다. 올봄에도 창작실은 새 주인들을 맞이했겠지.

2020년 토지문화관에 큰 변화가 있었다. 박경리 선생의 따님인 김영주 이사장께서 숙환으로 별세하신 후에 그분의 둘째 아드님인 김세희 관장이 취임한 것이다. 선생의 유지를 이어 작가들의 창작을 지원하고, 소설『토지』의 삶과 생명 그리고 환경보호의 정신을 잇는 일이 손자의 대로 넘어온 셈이다. 토지의 생명력만큼이나 강인하고도 든든한 배턴 터치라고 봐도 무방할 것 같다.

현재 국내에서 박경리 선생과 관련된 공간은 하동 악양면 평사리의 최참판댁 한옥문화관, 통영 박경리기념관 그리고 원주의 박경리문학공원과『토지』를 완성하고 선생께서 말년을 보낸 이곳 흥업면 매지리 토지문화관까지 모두 네 군데다.

선생께서 17년 동안 사신 원주시 단구동 자택이 택지지구가 되면서 그 자리가 없어질 위기에 처하자 많은 문인이 마음을 모으고 선생께서 받은 택지지구의 보상금과 토지개발공사의 기부금을 합하여 이곳에 토지문화재단과 토지문화관을 세운 것이다. 토지문화관 개관식에는 故 김대중 대통령도 참석하여 소설과 후배들을 지원하고자 하는 선생의 마음을 기려 주었다.

그때부터 20여 년이 흘렀지만 창작실은 여전히 문인의 신청이 쇄도하고, 매일 관람객이 찾아와 문전성시를 이룬다. 김세희 관장은 위에 언급한 네 군데 기념 공간을 좀 더 유기적 조직적으로 연계하여『토지』의 정신을 계승하겠다는 포부를 밝혔다. 더불어 소설『토지』의 콘텐츠를 좀 더 현대적이고도 접근성 있게 이용할 만한 프로그램을 개발하기 위해 여러 가지 제반 사업을 검토 중이라는 사실도 덧붙였다. 창작실 중 하나인 '매지사'는『토지』가 SBS 드라마로 다시 제작될 때 받은 저작권료로 지은 건물이라고 한다.

선생의 유훈과 창작 업적을 기리기 위해 숙고 끝에 제정한, 한국 최초의 세계 문학상인 '박경리문학상'을 국내외 독자들에게 널리 알리기 위한 작업도 동시다발로 진행되고 있다. 박경리문학상 수상자들이 토지문화관에서 진행하는 강연 또한 다시 듣기 어려운 기회로 명성을 얻기 시작했다.

최인훈 소설가, 베른하르트 슐링크, 응구기 와 티옹오, 이스마엘 카다레 등이 이 상의 역대 수상자였으며, 이들의 강연은 창작실에 입주한 작가들을 비롯하여 전국에서 찾아든 독자들로 인해 매년 성황리에 개최되었다. 아울러 여러 문화 행사와 관련된 장소를 대관하고 숙박 공간을 대여하는 일도 동시에 이루어지는 바쁜 문화관이라는 관장의 말을 듣고 있자니 소설『토지』의 북적이는 평사리 장터가 떠올랐다.

선생께서 일군 환경과 삶 그리고 창작의 힘을 후대에도 변함없이 이어 가겠다는 새 관장의 목소리에 자못 힘이 실렸다. 나는 끊임없이 여러 가지 프로그램이 진행되는 중에도 문화관 한편에 자리한 창작실에서 여러 명의 작가가 저마다 작업에 몰두하는 이곳이야말로 진정한 문화의 산실이 아닌가 하는 생각을 해 보았다.

코로나19 바이러스 탓에 여러 나라의 국경이 닫혔다. 새싹과 꽃이 피는 길을 따라 걷던 발걸음도 사라졌다. 그러나 곧 바이러스는 잠잠해질 것이며(그러리라 믿고!) 우리는 다시 길 위에 두 발을 얹어 둘 것이다. 봄꽃은 남도에서 피어 온다

하지 않는가. 그렇다면 봄꽃을 따라 통영에서 하동을 거쳐 원주에 이르러 그 여정의 정점을 찍는 일명 '박경리 토지 로드'를 추천한다.

일상에서 잠시 벗어난 시간에 문학과 대작가의 발걸음을 따라 걷는 시간이 길 위의 사람들에게 좀 더 의미 있는 여정이 되어 주리라 확신한다. 토지문화관을 돌아보고, 선생의 자취를 밟으며 하룻밤 토지문화관에서 묵어 가는 일정이라면 누구나 한번은 꿈꿔 본 작가의 삶을 조금은 엿볼 기회가 되지 않을까.

올봄은 『토지』의 길을 따라 문학의 시간 속으로 들어가 보기를. 그곳에 다녀가면 분명 이 '다음'을 살아갈 새로운 용기가 생겨날 것이니. 참, 나는 그해 여름에 멧돼지 옥수수 갉아 먹는 소리를 들으며 작업한 두 번째 소설집 『유빙의 숲』을 출간했고, 단편소설 마감도 무사히 마쳤다. 선생께서 후배 작가의 작업을 물심양면으로 응원해 주신 힘이 분명 그곳에 실려 있다고 굳게 믿는다. 그 시간을 지켜 주셔서 감사하다는 말을 어디에 해야 할지 몰라 이곳에 적는다.

"선생님, 감사합니다!"

누군가를 무진으로
초대하는 일은
한 세계가 다른 세계에 도착하는 시간이다

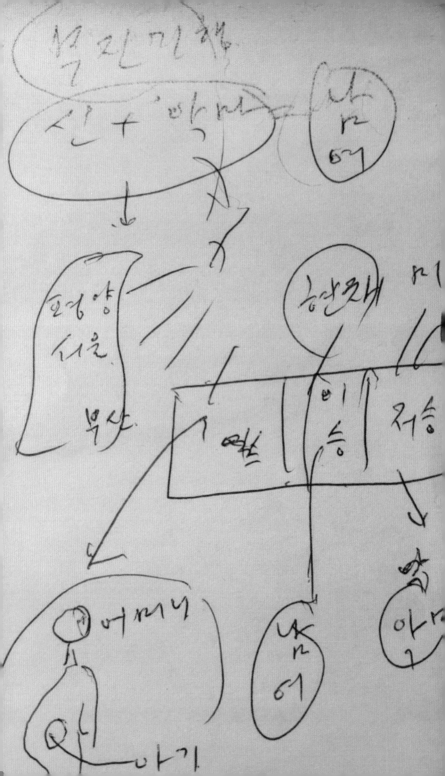

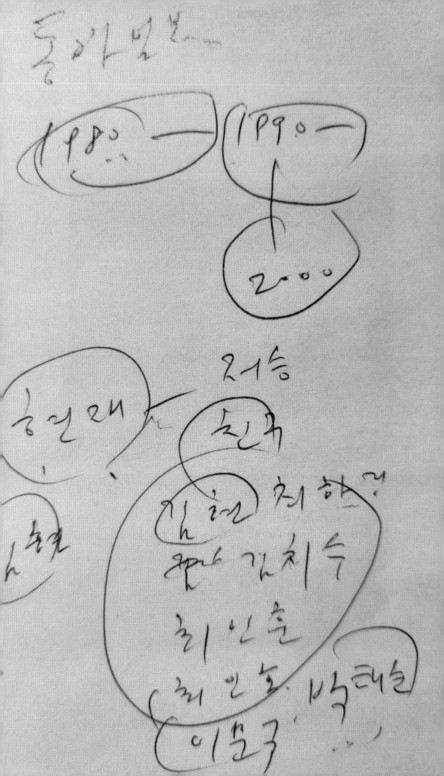

무진이라니
(부제: 안개와 갈대숲과 무진에 관하여)
순천 김승옥문학관

나에게 '무진'은 첫 필사의 기억으로 각인된 장소다. 국어 시험에서 문제의 지문으로나 보던 소설 원문을 통째로 베껴 쓰는 일이 대학에 입학한 첫 학기의 중간고사 리포트였기 때문이다. 문학평론가 서영채 교수가 강의한 현대한국문학사 시간의 일이었다. 이성복 시집『뒹구는 돌은 언제 잠 깨는가』와 김승옥 소설「무진기행」을 통째로 베끼는 일이었다.

소설「무진기행」의 전문을 보는 것도 처음인데 필사라니. 처음에는 정직하게, 중간쯤에는 발랄한 필기체로 쓰다 종내에는 나조차도 알아보기 힘든 글씨로 문장을 베껴 나갔다. 단편소설은 생각보다 길었고, 분명 한글이지만 옮겨 놓고 보니 이상하게 그림 같았다. 나만 고된 것은 아니어서 같은 처지의 동기 몇몇과 도서관에 모여 밤을 지새웠다. 놀다가 졸다가 연애를 시도하다가 에라 모르겠다 맥주나 마시자는 심정으로 소설을 옮겨 그렸다.

여귀(癘鬼)의 입김이 우리 쪽으로도 침범해 온 것같이 쌀쌀해진 밤이었다. 에어컨의 전원을 끄며 건너다본 교수 연구실의 불빛은 그날도 꺼지지 않고 있었다. 함께 벼락 필사를 하던 동기이자 훗날 이 여행에 동행한 석양정에게 물었다.

"근데 선생님도 필사를 다 하셨을까?"

갈대 군락을 지나고도 한참을 더 들어가니 순천만의 강굽이가 완만해지는 곳에서 순천문학관이 나왔다. 내비게이션에 표시된 도로를 벗어나 얼마간 강변을 더 달렸는데도 갈대숲의 끝은 보이지 않았다. 그 길 어디쯤에 선생께서 미리 도착해 계신다고 했다.

선생은 2003년 이문구 소설가의 장례식으로 가는 차 안에서 쓰러진 채 발견되었다. 천신만고 끝에 의식을 되찾았지만 말하는 능력은 많이 상실된 채였다. 전해 들은 바에 의하면 공식적으로 외부 인터뷰를 하지 않은 지 오래고, 공개적인 자리에 서는 일도 드물다고 했다. 선생의 건강 상태에 따라서 준비해 간 질문지의 답변을 받지 못할 수도 있다는 말을 전해 준 것은 '김승옥' 다큐멘터리를 촬영하던 피디와 작가였다. 그들이 미리 언질해 준 대로 양갱과 단것들을 준비해 간 우리는 다소 긴장하고 있었다.

코로나19 바이러스가 창궐한 탓에 문학관은 잠정적으로 폐쇄된 상태였다. 밝은 웃음으로 우리 일행을 환대한 선생께서 직접 순천문학관 내에 있는 김승옥관의 문을 열어 주었다. 지그려 둔 사립문을 여는 손끝이 매우 힘차 보였다. 우리는 그날 오후 내내 선생의 손끝만 따라다녔다. 음성 대신 그려 주는 손말을 해석하며 선생의 지난 시간을 듣는 갈대숲이라니. 우려가 기우에 불과했다는 것을 깨닫는 데는 닫힌 사립문을 여는 시간이면 충분했다.

선생의 안내로 김승옥전시관을 둘러보았다. 전시물과 우리 사이에는 유리관이 있었고, 선생께서는 그 유리관에 대고 손끝으로 단어 하나하나를 써 가며 이런저런 설명을 해 주었다. 동시를 투고하기 시작한 국민학교 때 일부터 서울대학교 시절 학비를 벌기 위하여 '김이구'라는 이름으로 만화 연재를 시작한 일화, 단체 사진에서 친구들을 찾아 이름을 알려 주는 손끝을 따라가자니 병색은 간데없이 활기차고 옛이야기 들려주는 걸 좋아하는 청년이 오롯이 서 있는 느낌이었다.

미리 질문지를 보내 둔 상태였지만 나는 다시 여쭈었고, 선생은 품에 꼭 지니고 다니는 메모지에 단어와 그림으로 대화를 이어 나갔다. 곁에 있는 에세이스트 석양정과 박진규, 김경희 소설가가 선생의 단어와 그림 해석을 도와주었다. 선생께서는 우리가 보낸 질문지의 답을 일주일 후에 주시겠다고 했지만, 피디와 작가에게 미리 언질(그 일주일이 언제가 될지 모른다는)을 받은 터라 카페에서 차 한 잔 마시는 틈에 질문을 시작했다.

김승옥 선생님과의 대담

이 : 무엇보다도 선생님의 근황을 궁금해하는 독자가 많습니다. 어찌 지내고 계십니까?

김 : 서울에서 3일, 순천에서 3, 4일 정도 지내고 있습니다. 4월에는 그림 작업을 할 계획입니다. 5월부터 순천시청에서 「무진기행」 관련 그림 30점을 요청해서 전시를 준비하고 있습니다(선생의 그림 작업을 찍기 위하여 다큐팀이 내려온 거였다).

이 : 그림 작업은 많이 하셨나요?

김 : (바쁘게 메모) ……이제부터!

(일동 웃음)

이 : 2010년 순천문학관이 개관한 이래 계속해서 생활해 오셨다고 들었습니다. 순천이 고향이나 다름없다고 늘 말씀해 오셨는데요, 이곳 자랑 좀 해 주세요.

김 : 순천은 갈대가 유명하고요, 포구에 들어오는 배와 철새가 장관을 이룹니다. 순천만 갈대 습지의 탐방로를 따라가면 용산전망대가 나오는데, 그 정상에서 내려다보는 순천만의 노을이 매우 일품입니다. 그리고 순천문학관에는 정채봉

과 나 김승옥이 있지요.

　이 : 이곳이 배경이 되기도 한 소설「무진기행」에서 '무진'
은 어디인지 작가님의 설명을 좀 듣고 싶습니다.
　김 : 무진은 평양과 서울, 부산 등 한반도의 모든 지명을
포함한 이름입니다. 이곳이기도 하고, 이곳이 아니기도 합니
다. 신과 악마가 남녀의 대립으로 나타나기도 하며, 어머니와
태중의 아기 그리고 현재와 미래가 섞인, 모든 시공간을 초
월한 장소입니다. 나라는 존재가 신과 악마 사이에서 급기야
"나는 심한 부끄러움을 느꼈다."(소설「무진기행」의 마지막
문장)라고 토로할 수밖에 없는 공간이기도 하지요.
　「무진기행」과「서울 1964년 겨울」을 쓸 때는 제게 어떤
슬픔 같은 것이 컸어요. 외교관이 되려는 꿈이 좌절되었고,
두 살 연상의 연인과 결별을 겪었지요. 시대의 아픔도 컸고
요. 시대적 격랑에 휩쓸린 가족도 그렇습니다. 그 슬픔이 내
게 그 소설들을 쓰게 만든 것이 아닌가 합니다.

　이 : 작가가 되려는 사람이라면 김승옥 선생님의 소설을
한 번쯤 필사하거나 문장을 외워 가면서 습작했다고 해도 과
언이 아닐 정도로 선생님의 작품이 여러 방식으로 널리 읽혀
왔습니다. 시대의 변화에 따라 인물들에 대한 재해석도 일어
나고, 교과서에도 실리고, 언어 영역의 지문으로도 활용되었
는데요, 그 독자들에게 한 말씀 부탁드립니다.

김 : 제가 소설을 쓴 것은 1960년대에서 1970년대 후반까지 아주 짧은 시기입니다. 그 이후엔 여러 가지 이유로 영화 시나리오 작업을 했고요. 그런데 아직까지도 제 작품을 읽어 주고 다양한 의미로 해석하려고 노력해 줘서 매우 고맙습니다. 단지 그것뿐입니다. 읽어 주셔서 감사하다는 말밖에는 더 큰 말을 찾지 못하겠어요. 그리고 제 소설을 인용한 문제를 풀어 본 적은 없습니다.

(다시 웃음)

이 : 아까 전시관에서 유독 친구분들과 찍은 사진을 오랫동안 설명해 주셨습니다. 그 이유를 여쭤도 될까요?

김 : 김현, 최하림, 김치수, 최인훈, 최인호, 박태순, 이문구……. 친구들이 다 먼저 갔어요. 그중 김현은 요새도 가끔 꿈에 나와요. 많이 보고 싶습니다.

이 : 올해는 선생님의 SF소설 「2020년, Dπ9 기자의 어느 날」(《동아일보》 창간 50주년 특집호, 1970년 4월 1일자에 발표)이 발표된 지 50주년이 되는 해입니다. 후배 작가들이 선생님 소설에 대한 오마주 형식으로 엔솔로지 한 권을 준비한다고 들었습니다. 이에 관하여 한 말씀 부탁드릴게요.

김 : 후배들이 좋은 소설을 쓰고 있다니 반갑고 또 반갑습니다. 저도 천천히 조금씩 소설을 쓰고 있습니다. 저는 소설을 쓰고 그림을 그리는 사람입니다. 끝내 그럴 겁니다.

인터뷰는 오랜 시간에 걸쳐 띄엄띄엄 건네 오는 단어로 진행되었지만 그 어느 때보다 많은 이야기를 듣고, 건넨 시간처럼 느껴졌다. 선생께서는 그림과 단어에서 어떤 한계가 있다고 느꼈는지 다시 '인터뷰 답변지'를 보내겠다는 뜻을 전해 왔다.

나의 사정을 아는 김경희 작가가 '이 작가가 지금 첫아이를 임신 중이다'라고 하자 막 걸음을 떼려던 선생은 나를 돌아보며 "좋다!"고 크고도 단단한 발음으로 말씀해 주었다. 그날 내가 들은 선생의 언어 중에서 가장 정확하고도 호쾌한 발음이었다.

월요일이 되었지만 약속한 답변지는 도착하지 않았다. 화요일이 되어도, 금요일까지도 답변지는 도착할 기미를 보이지 않았다. 갈대숲의 대화를 하나씩 곱씹다 보니 선생께서 답변지를 한 30년 정도 늦게 주셔도 괜찮을 것 같다는 생각을 하기에 이르고야 말았다. 선생은 다시 한번 '다음 월요일까지 답변지를 주겠다'는 메시지를 보내왔을 따름이다.

학생들을 가르치는 입장이 되어 보니 스무 살 적에 도서관에서 품었던, 교수님도 필사를 다 하셨을까에 대한 답은 굳이 몰라도 될 것만 같다. 세상에는 필사(必死)적으로 필사(筆寫)를 하는 삶이 있기 마련이고, 그 시간은 그때만 가질 수 있는 우주선들의 도킹 같은 것이니 말이다.

누군가를 무진으로 초대하는 일은 한 세계가 다른 세계에 도착하는 시간이다. 그러니 우리는 김승옥 선생과 그의 소설에서 꽤 괜찮은 시간을 부여받은 셈이라고, 무진이라는 시공간에서는 어떠한 해석도 무방하다고 여기면 어떨까.

나는 훗날 이 아이가 태어나면 너의 출생을 축복해 준 안개와 갈대숲의 할아버지가 계시다는 사실을 전하리라 마음먹었다. 그 할아버지는 우리에게 줄 답변지를 고르느라 갈대숲에서도 아주 많이 바쁘시다고, 무진의 안개를 그려 낼 시간조차 답변지를 작성하는 데 쓰고 계시다는 사실도 넌지시 전해야겠다. 내 아이는 언제쯤 소설을 필사하고, 삶과 시간이 주는 비의에 기쁨과 부끄러움을 느끼기 시작할까.

순천과 여기 그리고 김승옥 선생과 우리의 거리를 가늠하러 다시 무진으로.

우리의 사랑은 부디 유정하기를

무정했던 유정의 사랑이라니
춘천 김유정문학촌

내게 춘천은 '소설가의 분홍색 집'과 '소설가들'의 고장이었다. 1983년생인 내가 춘천 가는 기차를 탔을 적에는 이미 너무도 많은 사람과 사랑이 다녀간 뒤였고, 102보충대에 입소하는 이를 배웅하러 오긴 했지만 친오빠의 일이어서 별다른 감흥이 없었다. 춘천행 기차에도 이미 너무도 많은 사람과 사랑이 타 버린 뒤였다.

대학원 시절에 단체로 엠티를 오고 나서야 '춘천' 혹은 '봄내'에 관하여 조금이나마 알 수 있었다. 그때 당시만 하더라도 아주 작았던 김유정 생가터(훗날 문학촌이 된다)와 소양댐, 청평사를 거쳐 도착한 자연 휴양림의 방갈로 안에서 엠티란 먼 곳으로 술 마시러 오는 데구나 하며 잠든 기억이 선연하다. 봉고차 두 대를 나눠 타고 돌아가면 끝인 여정이었다.

교수님들이 탄 앞차가 갓길에 선 터라 후발대인 우리도 비상 깜빡이를 켜고 기다리는 수밖에 없었다. 춘천이 고향인 최수철 소설가의 집에 들렀다 가자는 임철우 소설가의 제안이 나온 다음이라고 했다. 물안개가 짙게 깔린 소양댐을 배경으로 두 선생님의 다정한 옥신각신이 이어졌다.

그냥 우리의 떡전거리(병점)로 돌아가자는 말에 다시 차가 출발했지만 머지않아 봉고차 두 대는 춘천 교동으로 U턴하기에 이르렀다. 마침내 우리는 교동의 고급스러운 주택 대문 앞에서 단체 사진을 찍었다. 모두가 즐거운 표정인데 최수철 소설가 혼자 망연자실한 얼굴이었다. 굉장히 우아한 고급주택이었던 집이 온통 핑크 페인트로 칠해진 것을 확인한 사람의 얼굴에서밖에 나올 수 없는 표정이기도 했다. "핑크라니……." 이 한 마디가 춘천에서의 마지막 화룡점정으로 남았다.

내가 대학원생에서 등단한 소설가가 되는 동안 춘천은 사랑과 낭만, 엠티와 봄 강의 고장에서 김유정의 이야기가 살아 숨 쉬는 장소로 변모했다. 그사이에 자그마한 김유정 생가는 김유정문학촌으로 바뀌었다. 서울에서 대학을 다닌 소설가 김유정의 고향이자 그가 병을 얻어 요양하며 야학을 세우고 사랑하는 이에게 끊임없이 연서를 보낸 곳이라는 사실이 좀 더 본격적으로 알려지기 시작한 것이다.

왜 김유정문학관이 아니라 김유정문학촌일까. 올해부터

제2대 문학촌장으로 부임한 이순원 소설가에게 물었더니 마을 곳곳이 김유정 소설의 배경이기 때문이라는 말이 돌아왔다. 그런가 보다는 깨달음과 동시에 문학촌으로 들어오는 내내 '김유정로, 김유정우체국, 김유정역, 김유정농협지점' 등의 이름을 스쳐 온 것이 떠올랐다. 2004년 12월 1일부터 신남역(무궁화호, 경춘선)은 김유정역이 되었다. 2010년 경춘선이 복선 전철로 바뀌면서 다시 김유정전철역이 된 사연이 철로에 길게 이어졌다. 한국 최초로 문인의 이름을 딴 길과 마을, 전철역과 우체국이라니! 마을이라는 이름을 붙이지 않고서는 성립될 수 없는 크기이기도 했다.

ㅁ자로 지은 생가터에서 뻗어 나온 여러 가지 이야기가 김유정문학촌과 그 일대를 '소설의 공간'으로 탈바꿈해 놓았다. 떡시루의 강원도 방언이라는 실레는 어쩌면 소설가 김유정으로부터 이야기를 빚어내기 위해 만든 동네가 아닐까. 김유정은 1908년생이다. 그리고 1937년 3월 29일 이곳 실레(실제 지명은 신동면 증리, 김유정문학촌이 있는 곳의 주소지다)에서 생을 마감했다. 실레는 그가 죽고 2년 후인 1939년에 경춘선이 처음 개통된 곳이다. 김유정이 병사하지 않고 천수를 누렸다면 실레에 기차가 들어온 것을 보고도 이야기를 마구 지어냈을 법한 옴폭한 자리다.

서울 재동공립보통학교를 졸업하고 휘문고보를 거쳐 연희전문 문과에 진학한 수재였던 김유정은 어릴 적 양친을 잃고 나서 얻은 말더듬이 병과 애정 결핍을 갖고 살아갈 수밖에 없었다. 당대 명창인 박녹주를 만나 열렬한 구애를 펼쳤으나 실패하고 만다. 박녹주의 가마를 지키고 서 있다가 마음을 전했지만 간곡한 거절의 뜻을 전해 듣고 쓴 혈서는 그의 간절한 마음을 짐작하고도 남게 한다. 실연과 제적이라는 연이은 아픔에 고향으로 돌아온 김유정은 야학 성격의 '금병의숙'을 설립하기에 이른다. 서울살이의 도회적 감수성을 지닌 뛰어난 수재의 눈에 비친 고향 마을은 어떤 모습이었을까.

고향에서 몸과 마음을 회복하고 서울로 돌아간 그는 글쓰기에 매진하여 1935년 조선일보 신춘문예와 조선중앙일보에 입선하여 본격적으로 작품 활동을 펼쳤고, 구인회의 후기 동인으로도 활동한다. 이때 시인 이상과 교류하는데, 두 사람은 부모를 일찍 여의고 타지에서 글을 쓰는 같은 처지의 동료로서 깊은 우정을 나눈다. 심지어 앞서거니 뒤서거니 폐병을 얻기도 한다.

"각혈이 여전하십니까?" "네, 그저 그날이 그날 같습니다." "치질이 여전하십니까?" "네, 그저 그날이 그날 같습니다." 이 대화 끝에 함께 자살을 모의하기도 하지만 실패로 돌아간다. 이상은 일본으로 떠나고, 김유정은 다시 낙향하여 투병과 작품 활동을 이어 간다. 이 대화를 나눈 이듬해 그들은 다시 앞서거니 뒤서거니 세상을 등진다. 이상은 일본에서, 김유정은 고향 마을에서 숨을 거뒀다.

김유정은 1937년 다섯째 누이 유흥의 과수원집 토방에서 투병하며 휘문고보 동창인 안회남에게 생의 마지막 편지를 쓴다. 그것이 마지막이 될 줄도 모르고 앞으로의 생에 대해 삶의 의지를 매우 강인하게 피력했다. 자신이 쓴 추리소설을 보낼 테니 돈 100원을 융통하여 보내 달라는 내용이었다. 닭 서른 마리와 살모사와 구렁이 열 마리를 고아 먹고 너끈하게 일어나겠다던 김유정은 그해 3월 29일 새벽에 생을 마감한다. 사인은 폐결핵과 치질. 김유정의 엽서와 유품은 이 편지를 받은 안회남이 보관하고 있었으나 안회남의 월북으로 김유정의 흔적은 모두 사라졌다. 아이러니하게도 김유정문학촌은 김유정의 유품이 존재하지 않는다. 오롯이 김유정의 소설만으로 다시 태어난 문학촌이다.

채 서른이 되기 전의 죽음이지만 그가 남긴 30여 편의 단편소설은 아직도 빛나고 있다. 그 빛이 절정이 달하는 곳이 바로 김유정문학촌이 존재하는 신동면 증리, 실레마을이다. 문학촌에서는 김유정의 소설과 생애만 담아 둔 것이 아니라 기념전시관과 이야기집, 민속공예 체험방과 김유정 생가를 비롯하여 그의 소설을 배경으로 한 '실레이야기마을'이 꾸려지고 있다. 금병산 밑의 옴폭한 시루 같은 마을 곳곳에 김유정 소설의 배경과 인물들이 살아 숨 쉬기 때문이다. 그리하여 김유정문학촌은 '이야기가 복작대는 마을'이 되었고, 그 이야기들을 따라 한 해에 100만 명이 넘는 관람객이 몰려오는 장소로 변모했다.

들병이들 넘어오던 눈웃음길, 금병산 아기장수 전설길, 산국농장 금병도원길, 점순이가 '나'를 꼬시던 동백숲길, 덕돌이가 장가가던 신바람길, 복만이가 계약서 쓰고 아내 팔아먹던 고갯길, 춘호 처가 맨발로 더덕 캐던 비탈길, 도련님이 이쁜이와 만나던 수작골길, 산신각 가는 산신령길, 응칠이가 송이 따먹던 송림길, 응오가 자기 논의 벼 훔치던 수아리길, 근식이가 자기집 솥 훔치던 한숨길, 금병의숙 느티나무길, 장인 입에서 할아버지 소리 나오던 데릴사위길, 김유정이 코다리찌개 먹던 주막길, 맹꽁이 우는 덕만이길이다.

김유정 사후에 발간된 첫 책이자 유고작이 된 소설집『동백꽃』의 표지는 빨간 동백꽃이다. 그러나 그의 소설에 나오는 동백꽃은 노란 동백, 즉 강원도 사람들이 부르는 생강나무 꽃을 일컫는다. 촌장님의 안내에 따라 문학촌 곳곳에 있는 생강나무를 찾아보았다. 그 '알싸한 향기' 역시도 이 노란 동백꽃에서 나온 것임을 거듭 강조하는 촌장님의 생강나무 사랑이라니! 김유정문학촌은 여러모로 이야기와 사랑이 넘치는 곳이다.

시루에 담긴 소설들이 작가의 품을 떠나 그곳을 찾는 모든 이에게 새롭게 읽히고 쓰이는 공간이자 후배 문인들을 독려하고 창작의 길을 열어 주는 마을이 봄내, 춘천에 있다. 김유정의 생애는 다소 불행하고 끝내 사랑도 이루지 못했지만 그가 펼친 문학의 자리, 이야기들은 아직도 살아 있음으로 그 스스로의 힘을 증명한다. 오죽하면 오늘도 거기서 '나'의 장인이 점순이의 키를 잴까. 김유정은 현실의 사랑은 실패했지만 인물들에게 사랑과 인간애를 끊임없이 부여하는 매파의 역할을 해 주었다. 그 사랑들이 모두 이어졌는지는 소설을 읽어 보거나 김유정문학촌에 와서 확인해 볼 일이다.

이제 나에게 춘천은 김유정문학촌과 소설가들 그리고 (여러 의미의) 사랑과 아직도 분홍색인 소설가의 집이 있는 곳이 되었다. 오정희, 전상국, 최수철, 전석순 소설가가 있는 곳이기 때문이다. 그 멋진 소설가들의 등 뒤에 병풍처럼 서 있는 김유정문학촌이라니. 김유정의 춘천은 다소 무정했을지언정 그가 남긴 춘천의 이야기들은 하나의 문화가 되어 가는 중이다. 내게도, 이곳을 찾는 100만 명의 발길에게도 그리고 그의 작품을 잇는 후대의 독자들에게도.

우리의 사랑은 부디 유정하기를!

선생께서 직접 심고 기른 매실나무와 소나무

은행나무들만이 덩그러니

남아 있는 집을 에워싸고 있을 따름이었다

41

우리 동네라니
보령 이문구 작업실

순천에 갔을 적에 김승옥 선생은 이문구라는 이름을 손가락으로 짚으며 '보고 싶다'고 썼다. '그립다'고도. 내가 선생께 사인을 해서 내민 소설집 날개의 "충남 보령 출생"이라는 문장을 보자마자 앞의 메모지에 '이문구'라는 이름을 적은 뒤의 일이었다. 선생은 오랫동안 친구 '이문구'와의 옛 추억을 이야기했다. 그와는 다른 의미로 나는 '이문구'라는 이름 앞에서 오래 망설였다. 세상에 익히 알려진 그의 삶과 소설 그리고 가족사를 서술하려는 것이 아니라 나의 이야기를 해야 하기 때문이었다.

20년쯤 되었을까. 문예반 지도교사인 이정록 시인을 따라다니던 '백일장 키즈' 시절의 일이다. 그날도 모두 백일장 낙선을 집에 가는 차표처럼 받아 들고 정류장에 서 있었다. 지친 몸과 마음을 달래기 위하여 치킨 두 마리를 샀다. 막 출발하려는 버스에 오르자마자 이 차가 청라저수지를 거쳐 간다는 사실을 알았다. 모두 망설임 없이 그곳으로 가서 치킨을 먹기로 했다.

드넓은 저수지에 여고생 넷이 모여 앉아 치킨을 뜯는 모습이라니. 너무나 당연하게도 목이 말랐고, 저수지 근처의 허름하고 있을 것도 제대로 없어 보이는 간이 슈퍼(이름은 꼭 '슈퍼'다. 냉장고에는 캔 음료보다 병 음료가 더 많았다)에서 환타 두 병과 콜라 두 병을 사 온 것까지는 좋았다. 음료수가 술도 아니었는데(진짜 아니다) 모두 이상한 기분에 취했고, 급기야 에이치오티냐 젝스키스냐 하는 데까지 이야기가 나아가 버려서 결국 싸움이 났다. 처음부터 격하게 싸우려던 것은 아니지만 어쩌다 보니 콜라병이 깨졌고, 누군가 울다 보니 싸운 모두가 울어 버렸다. 백일장 낙선의 설움까지 겹친 까닭에 울음은 매우 길었는데 그 소리를 따라 어디선가 굉장히 무섭게 생긴 아저씨가 우리 앞에 나타났다. 수풀 사이에서 불쑥 상체가 나타나더니, 자갈길을 저벅저벅 걸어서 우리 앞에 바투 다가섰다.

치킨 먹고 싶은가? 혹시 우리한테 나쁜 생각이 있어서 여기 왔을까? 아저씨를 위아래로 훑어보니 별로 깨끗하지 못한 메리야스에 낡은 추리닝 바지 차림이었다. 게다가 맨발이었다. 이 동네 사람인가 하면서도 그를 향한 의심의 눈초리를 거두지 않은 채 우리는 치킨과 유리병을 치우지도 않고 자리를 떴다. 곧 홍성행 버스가 올 시간이었기 때문이다.

정류장에 서 있던 나는 우리 뒤에서 조용히 저수지를 걷던 그 추리닝 아저씨가 외마디 소리와 함께 주저앉는 것을 보았다. 깨진 병 조각을 밟은 것이었다. 때마침 버스가 오고 있었다. 우리는 피 흐르는 아저씨의 발과 타야 할 버스 사이에서 고민했다. 그러다 예의 그 슈퍼로 뛰어가 사정을 설명하고 후시딘과 계산대에 놓여 있는 두루마리 휴지를 얻었다. 지혈은 쉽게 되지 않았고, 우리는 연신 죄송해했다. 꽤 상처가 깊어 보였는데, 아저씨는 자꾸 괜찮으니까 어서 가라고 했다. 그러자 처음 봤을 때보다는 조금 부드러운 인상이라는 생각이 들었다. 그날 인사는 하고 돌아왔는지 기억나지 않는다. 다만 그 아저씨가 계속해서 미안해하는 우리에게 '내가 못 보고 밟은 것'이라는 말을 해 주던 것만 또렷이 남아 있다.

머지않아 우리는 그가 문예반 숙제로 읽은 『관촌수필』의 이문구 소설가라는 사실을 알았다. 이정록 시인에게 '선생께서 몸을 치료하기 위해 맨발로 저수지를 걷고 계신다'는 이야기를 전해 듣고야 만 것이다. 가만히 앉아 수업을 듣던 우리 넷은 순식간에 죄지은 사람의 모습이 되어 버렸다. 그래도 저수지 이야기를 꺼내면 안 된다는 것쯤은 굳이 말하지 않아도 아는 눈치들이기는 했다.

얼마 후 문예반 문학 기행을 갔는데 하필 그 청라저수지의 이문구 선생 작업실이었다. 선생의 제자라는, 동시를 쓰는 금은방 아저씨가 특별히 동행해 준 길이었다. 우리에게 정말

다행스럽게도 선생께서는 출타 중이셨다. 금은방 주인이자 시인 아저씨는 그날의 만남을 기념하며 은반지를 하나씩 선물해 주었다. 그때부터 1년 후 서울의 백일장에서 특별 강사로 초빙된 선생을 '드디어 다시' 만났다. 눈이 몇 번 마주쳤지만 처음 보는 사람처럼 능청을 떨며 선생을 따라 웃고 말씀을 경청하는 척했다. 행사가 끝나고 기념 사진까지 찍고 돌아서려는데 선생께서 우리를 불러 세웠다. 아연한 우리에게 한쪽 발을 번쩍 들어 올리며 하신 말씀은 다음과 같다.

"얘, 나 다 나았써어!"

투병 중이던 선생께서 특별히 외출하신, 거의 마지막 강연이었다는 사실 또한 뒤늦게야 알았지만 자꾸만 선생의 발치께로 눈이 간 터라 강연 내용은 기억에 남지 않았다. 고향 이야기를 많이 했다는 것밖에는.

순천문학관에 전시된 문인들과의 단체 사진에서 이 이가 '이문구'라고 큰 손짓으로 알려 준 김승옥 선생이 아니었다면 이 글은 아마도 아주 오랜 시간 뒤에나 쓰였을 것이다. 선생께서 써 주신 '이문구'라는 글자와 '친구' '보고 싶다'는 단어와 오래된 저수지의 기억을 어깨에 짊어진 채 보령으로 갔다. 그곳에 사는 이문구 선생의 마지막 제자이자 한때 금은방을 운영했고 지금도 동시를 쓰는 안학수, 소설가 서순희 부부를 만나기 위해서였다. 고등학교 문학 기행 이후 20년 만에 뵙는데도 두 분은 여전히 호방한 성격 그대로였고, 그 여고생이 이렇게 장성해서 왔다며 대견해했다. 나는 그때 그들이 선물해 준 은반지 대신 결혼반지를 낀 상태이기도 했다. 이러저러한 옛이야기를 하며 함께 반나절 정도 이문구 선생의 발자취를 따라 보령 시내와 청라 곳곳을 돌아다녔다.

　명천 이문구 선생은 충남 보령 관촌의 양반가에서 태어났다. 그러나 남로당으로 활동한 아버지의 이력 때문에 집안의 몰락과 가족들의 처참한 죽음을 지켜봐야 했다. 중학교 졸업 후에 혈혈단신으로 상경하여 안 해 본 막일이 없을 정도로 생계를 위해 애쓰던 선생은 소설가가 되면 빨갱이로 낙인 찍힌 집안의 내력에서 조금은 자유로울 것이라 믿고 서라벌예대에 진학한다. 그곳에서 운명처럼 김동리 선생을 만났고, 이문구의 소설을 특별히 아낀 김동리 선생의 추천을 받아 소설가로 등단하기에 이른다.

　'한국 문단의 특별한 스타일리스트가 될 것'이라는 김동리 선생의 예언대로 이문구는 유장하고도 능청스러운 사투리가 일품인 문장을 지닌 소설가가 되었다. 그리고 고향 마을인 관촌에 흐르는 개울인 '명천(여울물 소리)'을 호로 삼아 깊은 물소리의 울음을 이름 앞에 두었다. 바다에 수장된 가족들과 고향을 에둘러 흐르는 물소리까지 모두 담아내어 문장으로 어우르겠다는 뜻이었을까. 『우리 동네』 연작과 『관촌수필』 등의 작품은 고향인 관촌마을을 배경으로 한 소설들이다.

　그는 이 같은 작품들을 통해 산업화 이후 변화된 농촌의 모습과 사라져 가는 사람들을 생생하게 그려 냈다. 전후 산업화를 맞이한 농촌의 적나라한 변화와 고향 마을 사람들의 애잔한 삶을 소설로 쓰며 끝까지 그들을 향한 애정을 놓지 않았다. 선생이 아니었다면 농촌 소설의 계보는 몇 걸음 퇴보했으리라 여기는 이가 많을 정도로 그는 전후의 이념 대립과 1970년대 산업화 이후 농촌의 모습들을 소설로 쓰는 데 천착했다. 동시에 좌우로 갈라진 문단을 두루 보듬어 '한국 문단의 맏형이자 듬직한 일꾼' 격으로 불리기도 했다. 불의의 시대를 온몸으로 싸우는 문인들을 앞장서서 도운 일화는 너무도 유명한 일이라 다시 열거하기에도 벅차지만 분명히 기억해야 할 그의 커다란 발자취다.

선생 사후에 한국작가회의, 한국문인협회, 국제펜클럽 등이 공동 주관하여 문인장으로 장례식을 치른 일은 얼마나 '사람을 널리 살핀' 삶인가를 여실히 보여 주는 한 예다. 생전에 선생은 자신의 이름을 딴 문학관과 문학상을 만들지 말 것을 여러 사람에게 당부했다. 그러나 그를 잊을 수 없는, 그가 이렇게 잊혀 가는 것을 바라만 볼 수 없는 사람들이 그의 고향 충남 보령에 문학관 건립을 추진했다.

하지만 이문구 선생 단독 문학관을 바란 수많은 사람과, 임영조 시인, 이문희 소설가를 비롯한 보령 출신의 문인들을 함께 묶고 여러 체험 박물관과 결합한 종합 문화관을 세우려는 보령시의 뜻이 충돌했다. 그 사이에서 유족들은 도무지 씻을 수 없는 상처를 입었고, 보령시는 이문구문학관 건립을 중단해 버렸다. 유족들이 기증한 유품을 되찾아가기까지의 시간은 또 말해 무엇 하랴. 유족들은 문학관 이야기는 꺼내지도 말라며 외부와의 연락을 두절해 버렸다고 한다. 보령시는 더이상 문학관 건립에 관여하지 않겠다고도 했다.

이것이 토정 이지함 선생의 고향이고 이문구 선생이 나고 돌아간, 김성동 이혜경 서순희 소설가를 비롯하여 안학수 시인이 굳건히 자리를 지키는 문인들의 고장인 이곳 보령에서 일어난 일이라니.

선생이 돌아가신 지 17년. 내가 다시 이문구 선생의 작업실이던 청라저수지를 찾아갔을 적에는 수풀이 무성하고 인적이 끊긴, 개 세 마리가 작업실 마당에 묶여 있는 곳이 되어 있었다. 선생께서 직접 심고 기른 매실나무와 소나무, 은행나무들만 덩그러니 남은 집을 에워싸고 있을 따름이었다. 마음대로 우거진 수풀 때문에 작업실 마당까지밖에 진입할 수 없는 상태기도 했다. 간을 앓은 선생께서 직접 심어 생즙을 내려 마신 돗나물 심은 자리도 여전했고, 작업실에서 훤히 내려다보이는 저수지의 위용과 그들 모두를 곳곳에서 둘러싼 소나무 군락도 변함없었다.

그곳으로 나를 안내해 준 안학수 서순희 작가 부부가 옛일을 추억하며 애통해하는 사이에 나는 전에 이문구 선생을 만난 청라저수지로 향했다. 주인이 떠난, 사람의 손길이 닿지 않은 작업실에 더 머물기가 힘들었기 때문이다.

보령 시내의『관촌수필』안내석이 있는 장소는 더 참담했다. 원래 있던 자리에서 벗어나 주유소 옆 공터에 안내석이 옮겨져 있었고, 소설의 배경이 된 마을은 본래의 모습을 찾아보기 어려울 정도로 바뀐 채였다. 선생이 태어나고 소설을 써서 기렸으며 종내에는 화장된 뼛가루까지 뿌렸다는 왕소나무가 있던 자리와 부엉재의 모습은 온데간데없었다. 원래 있던 자리에도 서 있지 못하고 함부로 옮겨져 덩그러니 서 있는 안내석이라니. 보살피는 이 없이 맞은 시간의 흐름이려니 싶었지만 정말 이래도 되는 것일까. 그것을 이렇게 사라지게 놔두어도 되는 것일까. 선생이 없는 자리와 그를 추억하는 말소리만 두런거리는 오후였다.

나는 그렇게 반나절의 '문학 기행'을 마쳤다. 한 작가의 생의 흔적을 더듬는 데 반나절이면 충분한 그 시간마저도 애석할 따름이었다. 그가 머무르고 썼던 곳의 기억과 흔적들이 사라진 장소에서 다시 그의 문학을 톺아 보는 일이야말로 우리가 응당 짚어야 하는 일인데 왜 이렇게까지 슬픈 생각이 드는 것일까. 이 마음을 어디에, 어떻게 전해야 할까. 그러나 이 마음은 농촌의 변화와 고향 상실을 꾸준히 그려 낸 선생의 마음에 비하면 아무것도 아닐 터다. 가족을 처참하게 잃고 고향의 물소리를 이름 앞에 둔 선생이 감내했을 시간에 견준다면 더욱더 아무 일도 아닐 것이다.

그가 홀연히 돌아간 자리에서 그의 소설을 가지고 이야기하는 것은 어디까지가 옳은 일일까. 물론 문학관이니 관촌마을 안내비가 한 작가의 삶을 대변하는 건 아닐 터이다. 그러나 대가(大家)를 제대로 예우하지 못하는 관의 행정과 선생을 기리는 사업들이 멈출 수밖에 없는 것이 과연 맞는 일이었을까. 누군가를 기리는 일에 특별히 정해진 방법이 없을지라도 최소한 이 정도는 아니어야 하지 않을까.

집으로 돌아오면서 아주 오랫동안 사람이 강으로 가서 바다까지 흘러가는 물소리에 대하여 곱씹었다. 아무리 생각에 생각을 거듭한다 해도 선생의 이름 앞에 있는 '명천'이라는 지명이자 호를 단 한 글자도 이해하지 못하리라 여기며.

달 아래서 소금을 흩뿌려 놓은 듯

빛나는 메밀밭을 뒷배로 둔 물레방앗간 서사가

올여름에도 돌아왔다

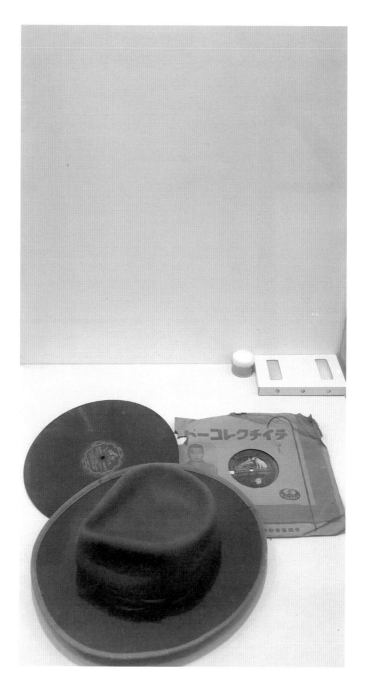

사랑의 달빛이 메밀꽃이라니
봉평 이효석문학촌

"돌밭에 벗어도 좋을 것을, 달이 너무도 밝은 까닭에 옷을 벗으러 물방앗간으로 들어가지 않았나. 이상한 일도 많지. 거기서 난데없는 성서방네 처녀와 마주쳤단 말이네. 봉평서야 제일가는 일색이었지."

이효석, 「메밀꽃 필 무렵」 중에서

한여름 밤 객줏집 토방의 더위를 견디다 못해 등목을 하러 나간 개울가에 비친 달이 '하필이면' 너무도 밝은 까닭에 물레방앗간으로 들어가고야 만 허생원이란 사내가 있다. 지금이야 허생원이라는 호칭이 어울리지만 20여 년 전에는 어디 그랬겠는가. 여름도 여름이거니와 혈기 왕성한 젊음 자체가 더위를 한층 더 못 견디게 하는 밤이었겠지. 여기서 한 가지 의문. 대체 달이 얼마나 밝으면 한밤중에 개울가에서 옷도 못 벗을 정도였나. 아니면 그곳에 있는 어떤 여인의 기척을 듣고 끌리듯 들어간 사내의 겸연쩍고 뒤늦은 핑계였을까. 달보다 더 환한 그이의 낯빛이 하필이면 우는 낯이고, 또 '봉평서 제일가는 일색'이 울고 있으니 그야말로 선뜻 달래 주지 않으려야 않을 수 없게 만드는, 어쩌면 그렇고 그런 식의 뻔한 운명이었을 터. 이런 밤에는 그 여인이 아닌 누구라도 우는 모습을 달래 줬겠지만, 하필 그 여인이라는 이 얄궂은 소설적 장치라니!

소설은 그 둘을 밤새 물레방앗간에 머물게 한 뒤 다음 날 아침이 채 밝기도 전에 허생원을 도피시킨다. 둘만의 꽃잠을 뒤로하고 줄행랑친 사내 대신 홀로 남겨진 여인은 달도 차지 못한 아이를 낳고 친정에서도 내쳐진다. 핏덩이 아이와 함께 도망 나온 미혼모의 삶이야말로 우리가 흔히 짐작할 수 있는 고난 그 자체였을 터. 지금이라면 온갖 SNS나 배드 파더스 같은 사이트에 올려라도 두겠지만, 때는 바야흐로 1920년. 장돌뱅이는 장돌뱅이대로, 객줏집 주모가 된 애 딸린 여인은 여인대로의 신산한 삶을 이어 갈 수밖에 없는 애석한 소설의 흐름이 있다. 그리고 그 문장들을 내내 되비춘 달빛과 메밀꽃밭의 이 징글징글한 소금빛 향연이라니.

달 아래서 소금을 흩뿌려 놓은 듯 빛나는 메밀밭을 뒷배로 둔 물레방앗간 서사가 올여름에도 돌아왔다. 아니 메밀꽃이 피는 시기여야 하니 여름에서 가을로 넘어가는, 노을을 등에 지고 걸어오는 장터의 당나귀들처럼 슬며시 오고 있다. 이 모든 것이 다 달빛이 너무 이지러져서, 메밀밭이 소금을 흩뿌려 놓은 듯 밝았던 까닭 아닐까. 예나 지금이나 인간사 모든 일은 다 햇빛 아래서, 달빛 밑에서 이루어지는 것 아니겠는가. 개울가와 메밀밭이 오밤중에도 대낮처럼 밝았던 까닭이라는 미문을 등에 지고 허생원과 동이가 왼손을 휘두르며 아직도 길을 걷는 중이다. 평창, 아니 봉평의 풍경이다.

순전히 소설가 이효석이 그려 놓은 메밀꽃밭을 찾으러, 객줏집과 개울가 그리고 물레방앗간을 보러 다녀왔다. 호는 가산, 강원도 평창군 봉평면에서 태어난 이효석은 경성제일고등보통학교를 거쳐 경성제국대학 법문학부 영어영문학과를 졸업하고 숭실전문학교, 대동공업전문학교 교수로 강단에 섰다. 1928년 「도시와 유령」을 발표하면서 작품 활동을 시작했고, '구인회'에 합류하기도 했다. 미문을 활용한 심미주의 문학관과 프롤레타리아적 세계관으로 고향 마을 농민의 신산한 삶을 여실히 그려 낸 작품들로 유명하다. 대표작은 『해바라기』 『황제』 『화분』 『벽공무한』 등이며 우리가 익히 아는 작품은 「메밀꽃 필 무렵」과 「수탉」 「돈」 등이 있다.

이효석의 삶은 고향 평창과 서울 그리고 평양으로 이어지는데, 그는 서울살이의 피폐함과 도시민의 향수 그리고 고향을 배경으로 한 향토적인 소설을 쓰며 인간의 삶과 배경에 천착했다. 그리하여 그의 작품 세계는 시가지와 농촌, 고향 마을을 그리는 향수와 도시의 삶을 향한 동경이 교차하여 나타난다. 어느 한 가지에 집중된 시선보다는 사회의 다양한 모습에 고루 눈을 돌렸으며, 시골 마을의 가난하고 피폐한 삶에 어떤 잣대도 들이대지 않았다. 미학적 문장으로 인간에 대한 애정을 좀 더 깊이 있게 드러내고자 했다.

이효석은 '동반자 작가' 운동에도 참여하여 유진오, 채만식, 유치진 등과 함께 한국에서 계급주의 문학 운동이 일어나는 데 기여했다. 그의 소설에서 핍진한 삶과 인간 군상이 주변의 풍경과 어우러져 더욱 매혹적인 문장으로 그려지는 이유인 셈이다.

봉평과 경성을 오가며 보낸 유년기와 경성과 평양을 오가며 직접 경험한 삶의 다양한 모습이 대상을 감각적으로 섬세하게 묘사하는 데 큰 지향점이 되어 준 듯하다. 이효석은 1942년 5월 25일 병으로 세상을 뜨기 전까지도 소설을 썼고, 사람들의 모습을 있는 그대로 사랑했다. 그가 인간을 향한 애정과 삶에 대한 진정성을 놓지 않은 작가로 추앙받는 이유다.

이효석 소설가에 대하여 이렇게 자세히 쓰는 이유는 '나는 과연 작가 이효석을 얼마나 알고 있는가'에 대한 물음 때문이었다. 작가가 되기 전에는 국어 교과서에서 처음 만나 언어 영역 문제집에서 문제를 풀었고, 한컴타자교사의 「메밀꽃 필 무렵」을 타자 연습 삼아서 필타했다. 효석백일장에 참가하여 땡볕에 앉아 시제를 기다리던 습작 시절의 일도 뇌리를 스쳤다. 살면서 이래저래 너무 많이 들은 작가의 이름과 작품

명, 여기저기에서 볼 수 있는 '메밀밭'의 서사 덕분에 오히려 소설가 이효석을 더 모르고 지내 온 것은 아닌가 하는 생각에서였다.

소설을 쓰며 학생들을 가르치는 입장이 되어서도 그 사정은 별반 달라지지 않았다. '이효석문학상 수상 작품집'의 작품들을 찾아 읽거나 '효석백일장'에서 학생들이 몇 명 정도 입상을 했는지 묻는 사람이 되어 있기도 한 실정이었다. 그래서 더 가 보고 싶었다. 아니 가 봐야 했다.

내가 아는 소설가 이효석은 원두 커피를 아주 사랑해서 서울과 평양, 평창을 오가며 원두를 구했다는 커피 애호가이자 축음기로 LP를 듣는 것이 취미고, 프랑스 여배우를 좋아하고, 스키를 즐겨 타는 멋쟁이였다. 이효석 선생의 커피 이야기는 내 소설 「커피 다비드」(『유빙의 숲』, 문학동네)에도 실려 있다.

직접 로스팅해서 커피를 내려 마시는 내가 이효석 선생을 만난다면 가장 먼저 건네고 싶은 원두는 케냐AA 피베리다. 홀빈(Hole Bean)인 까닭에 숙성도 오래 걸리지만 커피의 진주 혹은 에센스라고 불릴 정도로 맛과 향미가 뛰어난 원두이기 때문이다. 그와 함께 커피를 마실 장소는 단연 봉평의 메밀꽃 주변! 그리고 가장 먼저 물을 것이다. "왜 그 여자를 그렇듯 불행하게 만드셨어요? 꼭 그래야만 했나요? 그런데 나중에 허생원이랑 다시 잘되나요?"

봉평에 도착하기도 전에 나는 이곳이 이효석의 고장, 메밀꽃 군락임을 단번에 알 수 있었다. 봉평장터와 효석문화마을 어귀에서부터 달려드는 여러 가지 글자가 모두 이효석과 「메밀꽃 필 무렵」을 가리켰다. 동이네, 물레방앗간, 메밀꽃, 충주집, 허생원, 효석로, 효석공원 등의 상호명이 즐비했다. 그야말로 '이효석을 위한, 이효석에 의한' 마을이었다.

독일 프랑크푸르트에는 괴테 생가와 괴테 거리가, 체코 프라하에는 카프카 생가와 그 마을이 있다. 셰익스피어와 몽고메리, 헤르만 헤세, 카뮈 등 세계적인 문호들이 나고 자란 곳에는 어김없이 그들을 기리는 거리와 생가, 도서관을 비롯하여 그의 문학을 경외하고 기념하려는 것으로 넘쳐난다. 나역시 세계 곳곳을 여행하면서 빼놓지 않고 들러 본 곳이 작가들의 생가를 비롯해 그들이 자주 찾았다는 카페(그곳에서 마시던 음료!)와 거리였다. 한국에서 그러한 장소를 꼽는다면 단연 평창의 이효석문화마을이 아닐까. 문인들의 거리를 따라 대한민국 작가 로드맵을 만들어 볼 수도 있으니 말이다.

코로나19 바이러스로 생활과 마음이 위축되어 '코로나 블루'라고 불리는 시대다. 선뜻 길을 나설 수도, 습관처럼 방학 때마다 미리 사 둔 비행기 티켓을 꺼내 볼 수도 없는 날들이 되어 버렸다. 대신 책장에 있는 이효석 책 한 권을 뽑아 들고 문득 평창으로 '홀로라도' 훌쩍 떠나 보는 것은 어떨까. 격리를 해야 할 때는 책으로 여행하고, 잠시 바람을 쐬어야 할 적에는 그 책을 배경으로 한 마을에서 작가와 작품을 좀 더 현실감 있게 만나는 기회를 추천해 본다.

선뜻 아무것도 할 수 없는 시대에 문득 어디라도 가고 싶을 적에는 봉평으로 그리고 이효석의 문장 속으로 물레방아가 물을 휘감아 돌듯이 그렇게. 그러다 보면 길 위에서 허생원을 만날 수도, 왼손잡이 동이를 만날 수도 있겠다. 그들과 같은 사람들을 만난다면 넌지시 고향을 물어볼 수도 있는 일 아니겠는가. 혹시 어떤 인연을 만날 수도 있잖은가.

어떤 사랑은 그렇게 시작될지도 모른다. 그 옛날 허생원과 성처녀의 그 마음처럼 말이다. 활짝 핀 메밀꽃밭을 배경으로, 달빛 아래서 그들의 이야기를 들을 수 있다면 좋겠다. 한없이 휘도는 물레방앗간이라면 그야말로 금상첨화겠다.

여름과 가을에는 자기만의 메밀꽃밭과 물레방앗간으로 떠나 보시길!

양평 황순원문학촌 소나기마을

비 갠 자리의 흔적이 나무뿌리 사이로
오롯하게 새겨지는 고장인 양평에는
버드나무 뿌리마다 첫사랑이 고여 있다

62

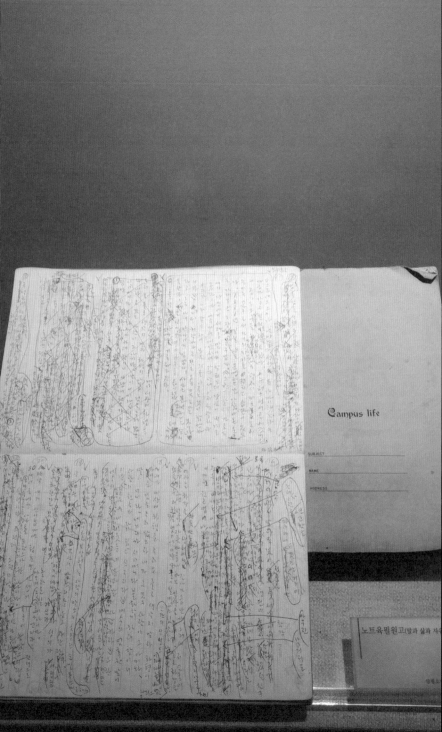

Campus life

SUBJECT

NAME

ADDRESS

노트육필원고(말과 실과 사…

소나기 같은 첫사랑이라니
양평 황순원문학촌 소나기마을

촘촘한 버드나무 뿌리 사이에 첫사랑이 있다. 소나기처럼 삽시간에 왔다가 바람에 흩어질 것 같은 무방비의 사랑이다. 소낙비나 소낙눈으로도 가릴 수 없는, 처음의 사랑이라니. 비 갠 자리의 흔적이 나무뿌리 사이로 오롯하게 새겨지는 고장인 양평에는 버드나무 뿌리마다 첫사랑이 고여 있다. 양평이라는 지명은 양근군과 지평군을 합하여 만들었으며 양근군은 버드나무의 뿌리, 지평은 날카롭게 벼리는 숫돌과 공평할 평자가 만난 글자다. 그곳을 배경으로 한 소년과 소녀의 사랑이야기라니! 그렇다면 흡사 버드나무 뿌리가 비 맞은 숫돌을 감싸 쥔 형상을 소설에서는 사랑이라 부른 것일까.

소설가 황순원 선생의 1953년 작품인 소설 「소나기」 이야기다. 한국전쟁이 끝나기 직전에 발표한 소설이자 그때부터 지금까지 수많은 독자에게 첫사랑의 풋풋하고도 아련한 이미지로 굳게 남은 작품이다. 소나기처럼 스치듯 지나갔지만 강렬하게 남은 빗방울의 흔적만으로도 일생을 회고할 수 있는 사랑이자 소설의 배경이 된 고장에 다녀왔다. 어른들 눈에 '여간 잔망스럽지 않다'던 소녀의 흔적과 그를 기억하는 소년의 애틋함이 새겨진 소설 속의 '조약돌' 혹은 지평의 숫돌은 지금 버드나무 뿌리 어디쯤에 닿아 있을까 생각하면서.

평안남도 대동군 재경면에서 태어나 평양에서 수학한 황순원 선생의 고향 대신 소설의 배경이자 선생께서 즐겨 찾은 양평에 황순원문학촌 소나기마을이 들어선 것은 2003년의 일이다. 양평군의 지원과 선생께서 혼신을 다해 제자들을 길러 낸 경희대학교가 결연하여 소설「소나기」를 배경으로 한 테마공원이 조성된 것이다.

'유년의 내 고향을 빼닮았다'며 선생께서 자주 찾은 곳에 온전히 그의 소설만으로 탄생한 마을이라니. 황순원 선생의 제자이자 문학평론가인 김종회 황순원문학촌장은 '선생의 문학적 지류는 평양과 양평 사이에 있는 모든 길'이라 회고했다. 양평과 평양은 단순한 지명 자체를 벗어나 남과 북을 가로지르고 이념과 사상을 뛰어넘는 인간애가 펼쳐지는 삶의 길이자 소설의 땅인 셈이다. 단편소설「소나기」가 수록된 소설집 『학』에 실린 동명 소설 「학」에는 이념을 뛰어넘는 사람들의 인간애가 오롯하게 담겨 있다.

우리가 손쉽게 찾아볼 수 있는 교과서의 소설이 실은 시대의 모진 칼날 속에서도 소설의 명맥과 한글 문장의 아름다움을 잃지 않으려 했던 황순원 선생의 고투가 새겨진 산물이라니. 서슬 퍼런 일본의 한글 말살 정책에도 우리말로 쓴 소설의 순수성을 지켜 내려 한 선생의 문학혼이 빛나는 대목이다. 그가 있었기에 지금 우리의 소설사가 쓰였다고 해도 과언이 아니다.

김종회 문학촌장은 이렇게 소회했다.

"선생은 세상의 명리에 타협하지 않고, 그렇다고 세상과 절연하지도 않았으며, 있을 자리와 할 말, 물러설 때와 취해야 할 행위에 망설임도 구김살도 없었던, 삶과 글의 양면에 걸쳐 뜻 깊고 아름다운 족적을 남기고 떠난 작가였습니다."

그 엄혹하고 핍진한 시대에 어찌하여 '첫사랑'이었던 걸까. 소설 「소나기」가 발표된 1953년은 특히나 한국전쟁 막바지 아닌가. 전란의 여파로 모든 것이 무너지고 사람이 사람됨을 잃을 수밖에 없는 시대에 조용한 시골 마을에서 피어난 첫사랑의 이야기라니. '어떤 경우에도 사라지지 않는 마음에 대한 서정적 표현이자 사랑'을 말하고자 함이었다고 후대는 평가한다. 소설이 정말로 선생님의 사랑 이야기냐고 당돌하게 물어 오는 제자에게 "그럴 수도 있고, 아닐 수도 있다."라고 답한 우문현답의 일화는 너무도 유명해서 아직도 회자되는 중이다.

시대의 아픔을 함께 하며 이념과 사람에 대한 애정을 잃지 않은 작가의 '사랑' 이야기가 '소나기마을'로 홀연히 피어난 공간이 바로 황순원문학촌 소나기마을이다. 이곳은 황순원문학관을 비롯하여 황순원 묘역, 수숫단 오솔길, 고향의 숲, 해와 달의 숲, 들꽃마을, 학의 숲, 송아지 들판, 너와 나만의 길, 목넘이 고개, 징검다리 등으로 꾸려져 있다. 이 소나기마을을 에두르는 산책 코스는 선생의 소설에 나오는 배경지에서 이름한 것들이다. 오솔길을 걷다 매시 정각이 되면 소나기광장에 난데없는 분수 쇼가 펼쳐지는 모습 또한 빠뜨릴 수 없는 볼거리이자 온몸을 흠뻑 적실 수 있는 문학촌 체험의 백미다. 이 또한 문학촌을 찾은 연인들의 사랑을 위한 장치인 것일까.

문학촌 곳곳에서 볼 수 있는 소설 「소나기」의 흔적을 종합하여 한마디로 말하자면 '세상 모든 첫사랑의 흔적'이라고 할 수도 있겠다. 사람과 사랑에 대하여 생각하고 말하다 보면 광장에서 분수에 몸이 젖듯이 마음도 사랑에 젖어 가고, 또 소설의 한 대목처럼 사랑에 빠질 수도 있는 노릇 아니겠는가. 실제로 이 마을에 온 연인들의 사랑은 꼭 이루어진다는 말도 떠돈다고 한다. 모두 다 '소나기' 덕분이 아닐까. 이렇게 '사람과 사랑을 둘러싼 것들' 속을 거닐다 보면 저절로 자신의 사랑 이야기에 파묻힐 수밖에 없을 텐데, 그때마다 선생께 넌지시 질문을 던지고 싶은 충동은 비단 나만의 것일까.

"선생님, 사랑이 뭘까요?" 또 "첫사랑은 뭘까요?"

소녀가 소년에게 조약돌을 던지듯 질문을 하고 나면 돌아오는 대답은 물론 없겠지만 그 질문의 자리에 나 스스로 찾아낸 대답이 스며들겠지. 대답이 슬며시 스며든 자리는 물론 버드나무 뿌리 그 어디쯤이고. 이쯤 해서 첫사랑의 정의를 '첫 번째 한 사랑'보다는 '그녀 혹은 그와 함께 한 모든 사랑이 첫 번째'라 말하면 어떨까. 다른 사람도 아닌 그녀 혹은 그와 함께 하는 모든 첫 번째 사랑. 필자에게 왜 이리도 '첫사랑'에 마음을 두느냐 묻는다면 나는 지금 '첫사랑의 마을'에 다녀왔기 때문이라고 대답할 수밖에 없겠다.

소나기마을의 테마가 '첫사랑'인 까닭이다.

코로나19 바이러스의 여파로 잠시 공사가 중단되었지만, 개관 10주년을 넘긴 황순원문학촌 소나기마을은 지금 대대적인 탈바꿈을 앞두고 있다. 바로 '실감 콘텐츠 사업'이다. 실감 콘텐츠는 가상 환경에서 현실 같은 생생한 경험을 하도록 시각, 청각, 촉각, 운동 감각 등 모든 감각 정보를 통해 가상 체험을 제공하는 것이다. 소설의 영화화나 드라마화는 익숙하지만 가상 체험은 익숙하지 않은 독자와 방문자에게 '실제 소설 속으로 들어간 듯한 나 자신'을 보여 주는 시스템이다. 문학 작품의 스토리가 나에게 다가와 다시 한번 '텔링'되는 순간을 눈으로 보고 온몸으로 체험하는 증강현실이라니. 전국 문학관 중에서 최초로 시도하는 사업이라고 하니, 조만간 그 시스템이 완성되면 다시 한번 소나기마을을 찾아야 하는 이유가 늘어나 버렸다.

내가 들어간 「소나기」의 소년과 소녀는 어떤 모습일까, 궁금해하는 것이 전부가 아니라 '정말로 보는 것 같은' 체험을 하는 공간으로의 전환을 시도하는 문학촌이었다. 지금 현실의 이 순간이 AR이고, 안경을 벗고 저 공간으로 들어서는 순간 소년과 소녀가 사랑이 사랑인 줄 모르고 대화를 나누는 책의 공간이 눈앞에 펼쳐지면 어떤 느낌일까.

소설 한 편이 한 마을을 조성했고, 그 마을에서 현재의 우리가 살아간다는 것은 문학의 외연이 문장과 미학을 넘어섰음을 대변한다. 작품의 문장들이 '현재'와 '스토리 텔링'을 넘어서서 '현실'이 된 순간이라면 1950년대와 2020년을 잇는 일쯤은 너끈히 해내고도 남을 것이다. 우리가 그토록 애달파한 첫사랑들이 시공간을 넘어 되살아나고, 내게 말을 걸어오는 순간을 대면하는 날이라니.

1950년대 소설의 문장이 2020년으로 스며 와 새로운 목소리와 물리적인 몸체를 갖는 공간이 될 황순원문학촌 소나기마을.

이런 곳에서라면 '첫사랑'을 더 궁금해해도 되겠다. 떠나간 이들, 다시는 볼 수 없는 이들을 마음껏 불러내어 못내 하지 못한 이야기를 해 볼 수도 있을 성싶다. 소설 「소나기」의 증강현실을 넘어서면 소나기마을 뒤편에 '첫사랑 테마 로드'

가 펼쳐질 예정이라고 한다. 첫사랑의 산실인 이곳에서 세계 문학의 첫사랑 이야기가 펼쳐지는 것이다. 알퐁스 도데의 「별」, 생 텍쥐 베리의 「어린 왕자」, 마크 트웨인의 「톰 소여의 모험」이 주요 테마로 준비되고 있다.

AR 속에서 「소나기」의 첫사랑과 만나고 나오면 별의 목동과 어린 왕자의 우주적인 사랑 그리고 톰 소여가 모험 중에 만난 가슴 설레는 사랑 이야기를 한꺼번에 마주하는 곳이 열리는 공간으로의 확장이라니! 증강현실보다 더 현실적인 사랑 이야기가 분수에서 물을 쏘듯이 내게 다가오면 가랑비와 소낙비에 옷 젖듯이 내 마음도 젖어들 수밖에 없을 터다.

바라건대 그 현실에서는 첫사랑뿐 아니라 황순원 선생의 모습도 만나 뵐 수 있으면 좋겠다. 소년과 소녀를 넌지시 바라보는 마을의 인자한 할아버지 형상부터 현실의 풍파를 날카롭게 그려 내되 사람의 됨됨이를 끝내 잃지 않으려는 모습 그리고 앉은뱅이책상에 앉아 밤이 깊도록 원고를 써 내려가는 노작가의 뒷모습으로라도 선생을 만난다면 어떨까. 선생께 언제까지라도 '당돌한 질문'을 건네고 싶은 제자의 바람과 독자들의 '첫사랑'에 대한 궁금증을 한꺼번에 풀어 주는 공간으로서 '소나기마을'은 또 어떤 모습으로 현실을 비출까 궁금해지는 지점이다.

한 편의 소설이 시대와 손잡고 만들어 낸 가장 최신의 시스템을 통해 사람의 가장 오래된 마음인 '사랑' 이야기가 버드나무 뿌리 안에서 툭 불거져 나와 우리에게 손짓하는 마을. 자, 다시 한번 강조하건대 증강현실이든 1950년대의 사랑이든 모든 사랑은 첫사랑이다. 이곳을 다녀온 나는 그렇게 믿을 수밖에 없어지고야 말았다. 당신에게도 오늘은 첫 번째 사랑의 감정이 분수처럼 뿜어져 나오기를!

첫사랑에 대해서라면 조금 더 잔망스러워져도 괜찮겠다. 소나기처럼.

광명 기형도문학관

기형도는 제게 질투하는 마음을 선물해 준 사람이에요

73

정거장에서 듣는 충고라니
광명 기형도문학관

미안하지만 나는 이제 희망을 노래하련다/ 마른 나무에서 연거푸 물방울이 떨어지고/ 나는 천천히 노트를 덮는다 /저녁의 정거장에 검은 구름은 멎는다/ 그러나 추억은 황량하다, 군데군데 쓰러져 있던/ 개들은 황혼이면 처량한 눈을 껌벅일 것이다/ 물방울은 손등 위를 굴러다닌다, 나는 기우뚱/ 망각을 본다, 어쩌다가 집을 떠나왔던가/ 그곳으로 흘러가는 길은 이미 지상에 없으니/ 추억이 덜 깬 개들은 내 딱딱한 손을 깨물 것이다/ 구름은 나부낀다, 얼마나 느린 속도로 사람들이 죽어갔는지/ 얼마나 많은 나뭇잎들이 그 좁고 어두운 입구로 들이닥쳤는지/ 내 노트는 알지 못한다, 그 동안 의심 많은 길들은/ 끝없이 갈라졌으니 혀는 흉기처럼 단단하다/ 물방울이여, 나그네의 말을 귀담아들어선 안 된다/ 주저앉으면 그뿐, 어떤 구름이 비가 되는지 알게 되리/ 그렇다면 나는 저녁의 정거장을 마음속에 옮겨놓는다/ 내 희망을 감시해온 불안의 짐짝들에게 나는 쓴다/ 이 누추한 육체 속에 얼마든지 머물다 가시라고/ 모든 길들

이 흘러온다, 나는 이미 늙은 것이다

기형도, 「정거장에서의 충고」

지금쯤 같은 땅과 하늘 아래서 살고 있었더라면 이들은 과연 어떤 모습일까 상상하게 되는 두 사람이 있다. 가수 김광석과 시인 기형도다. 생몰연대가 비슷하고 활동 시기가 살짝 겹치는, 각자의 자리에서 어쩌면 서로의 존재를 알고 지냈을지도 모르는 사람들이다. 노래로 타인의 마음을 울린 이와 단 한 권의 유고 시집으로 신화가 된 사람이 저 하늘에, 달나라 어디쯤에 살고 있다. 각자의 노래와 시로.

달에서 시를 쓰기 위하여 지상에는 단 한 권의 시집만 남기고 간 사람이 세상에 존재했다. 『입 속의 검은 잎』. 이 시집으로 신화가 된 주인공, 시인 기형도. 너무 일찍 이생의 삶을 접어 버린 사람이지만 그의 시는 지금까지도 계절과 기후를 막론하고 사람들을 위로하며, 시때 없이 심금을 울린다. 그의 시와 김광석의 노래들이 그 어느 때보다 어울리는 가을이 왔다. 계절이 부르는 낙엽의 신호를 따라 광명 기형도문학관을 찾았다.

기형도문학관은 광명시와 광명문화재단 그리고 기형도 시인의 문우와 유족들이 뜻을 모아 그가 마지막으로 머물다 간 장소이자 시의 배경이 되는 곳에 의미 있는 공간을 마련한 자리다. 오롯이 그의 독자와 문우들이 시와 시인을 기리기 위하여 만든 장소인 까닭에 더욱 특별하게 다가온다.

이곳의 주인인 시인 기형도는 1960년 3월 13일 경기도 옹진군에서 출생하여 1964년 경기도 시흥(현 광명시)으로 이사했다. 연세대학교를 졸업하고 중앙일보에서 기자 생활을 하는 중에 1985년 동아일보 신춘문예에 「안개」가 당선되었다. 그리고 4년 후인 1989년 3월 7일 종로의 심야극장에서 죽음을 맞이했다. 너무 이른 죽음 앞에서 모두가 황망해하는 사이 유고 시집 『입 속의 검은 잎』이 출간되었고, 이 시집은 지금까지도 수많은 이의 사랑을 받는 중이다. 아마 앞으로도 그러지 않을까.

시인과 시집 그리고 문학관에 대해 기형도문학관의 명예 관장이자 시인의 누나인 기향도 관장님과 대화를 나눠 보았다. 미국과 한국 등지를 오가며 생활하는 터라 여러 날에 걸쳐서 어렵사리 인터뷰를 요청할 수밖에 없었고, 마침 귀국하여 자가 격리 중인 관장님을 이메일과 전화, 문자 메시지를 통해 만날 수 있었다. 현재 어머님을 모시고 함께 지낸다는 근황을 전해 온 기향도 관장님은 동생이자 시인 기형도에 대한 질문을 꺼내자 표제작 이야기부터 들려주었다.

기형도 시인은 당시 미국에 사는 누나에게 안부를 묻는 편지 말미에 표제작 이야기를 써 두었다고 한다. "누나, 나 이제 첫 시집을 내려고 해요. 시집의 제목은 '정거장에서의 충고'가 어떨까 해요."라고 쓰인 편지를 받은 것이 마지막이 될 줄은 몰랐다며 그때를 회상하는 관장님의 목소리가 한

결 애틋해졌다. 더불어 당신께서 가장 좋아하는 동생의 시가 「정거장에서의 충고」라고 덧붙였다. "미안하지만 나는 이제 희망을 노래하련다"라고 읊조리듯 시작하는 그 시의 첫 구절이 입가에 맴돌기 시작했다.

동생이 어떤 사람이었는지, 시인으로서나 동생으로서나 관장님께서 보고 느낀 시인에 대해 한 말씀을 부탁드린다고 청하자 바로 "좋은 사람이었다."는 말이 돌아왔다. "조용하고 겸손했던 사람, 자기를 나타내지 않고 한없이 겸손하며 남들에게 자상한 사람이었다고, 내 동생을 떠나 인간적으로 참 괜찮은 사람"이라고 했다. 또한 젊은 청년의 혈기를 뛰어넘어 인간의 근본적인 어떤 것을 꿰뚫고 있던, 기본적으로 삶에 대해 애착이 컸던 사람이라는 말도 덧붙였다.

시인이 가졌던 삶에 대한 애착이 지금 그가 살고 있을 달나라에서는 어떤 시로 쓰이고 있을까. 자못 궁금해진 마음으로 질문을 이어 갔다. 광명에 기형도문학관을 개관한 이유를 물으니 그의 마지막이 갈무리된 곳이자 그의 시적인 뼈대가 자란 곳이라는 대답이 돌아왔다. "안개가 유독 많이 끼는 안양천 주변의 삶이 그를 키운 셈이지요. 이곳 소하리 뚝방에는 수재민과 이재민이 살았어요. 시흥공단과 안양천 폐수를 가둔 안개들을 보고 자란 기형도가 서울과 안양, 시흥을 오가며 사회 격변기를 거친 거지요." 폐수가 안개에 휩싸여 사람을 지우는 거리에서 시인이 할 수 있는 가장 최선은 바로 시를 쓰는 일이었으므로 그는 그것을 성실하게 기록했다. 그리하여 그의 시「안개」는 지금까지도 회자되는데, '안개'라는 단어를 기형도 시인이 가장 크게 점유했다는 말이 과언이 아닌 것이 되었다. 안개 속에서 자라 안개의 시인이 된 사람의 눈에는 모든 세상사가 안개 속에서 일어난 일이 되어 버린 것일까. 그리하여 그도 안개 속으로 사라져 버리고야 만 것일까.

"기형도 시인이 살던 집 자리가 지금은 광명메모리얼파크 입구가 되었고, 우리의 모든 것이 변했지만 그의 시만큼은 변하지 않고 지금까지도 사람들의 사랑을 받는다."라는 관장님의 말이 유독 반가웠던 것은, 그것이야말로 시의 본질이자 시가 있어야 할 자리가 아닐까 싶어서였다. 기향도 관장님은 문학관이란 어떤 면에서 인위적인 것이지만 그 안에서 진정하게 시로써 사람들을 사랑하고 위로하는 것들은 분명히 존재한다고 덧붙였다.

"문학관을 방문하시는 분 중에 암울한 시절 이 시집 하나 가지고 견뎠다, 말하는 사람이 참 많아요. 기형도는 인간의 기본 욕구에 대해 깊게 사유한 사람이에요. 그의 시뿐만 아니라 그를 사랑해 주는 독자가 없었다면 이 공간은 없었을 겁니다. 문학이라는 것의 의미가 얼마나 사람들에게 위로로 다가갈 수 있는가, 또 그 문학을 '살다 간' 사람의 삶이 얼마나 귀중하게 쓰일 수 있는가에 대한 남다른 해석과도 같습니다."

관장님은 요즘이야말로 사람이 '사람'을 잊어버리는 세상이 된 것 같다며 크게 안타까워했다.「빈집」「엄마 걱정」「정거장에서의 충고」같은 기형도의 시가 '사람됨'을 노래하는 것 아니겠냐는 의견을 피력했다. "시인 기형도가 바라본 인간상이 투영된 이 시편들이 독자들에게도 통한 게 아닐까요. 인간의 기본 욕구 충족 외에 마음을 위로할 수 있는 어떤 것의 으뜸은 단연 시가 아닐까 합니다."

마지막으로 문학관을 찾는 기형도 시인의 독자들에게 한 말씀 부탁드린다는 말에 "모든 사람의 삶이 시 자체라고 생각합니다. 모두가 시인이고 시지요. 삶 자체라는 말입니다. 저마다 살아가면서 자기 시를 자기가 표현하는 겁니다. 그것을 교감하고 함께 이야기하며 마음을 나누는 일이 이곳에서는 가장 중요한 일이 아닐까 합니다. 동생은 동생만의 이야기를 하고 갔어요. 이곳에 온 독자들은 자기 삶을 가지고 와서 동생의 시와 함께 이야기하고 가는 것입니다. 그 시간을 통해 위로를 주고받았으면 합니다. 한 사람 한 사람의 삶이 귀한 만큼이나 존중받을 수 있는 가장 커다란 방법이 아닐까 싶어요. 가장 중요한 것이 기형도가 시에서 그토록 중요하게 써놓은 '삶'이고, 또 삶과 죽음이 각각의 의미가 있고, 서로 나눔으로써 위로가 되고 격려할 수 있다는 것이지요. 이곳은 통한을 나눌 수 있는 공간입니다. 그 시간을 통해 우리가 어떻게든 무엇이든 만나지는 것이 있겠지요."라고 밝혔다.

달나라에 있는 시인이 이 말씀을 들으면 "누나 말이 맞다."라고 맞장구치지 않을까.

기형도문학관은 시집에 나온 시의 제목들로 구역을 나누고 테마를 정해 여러 가지 체험 프로그램을 다양하게 운영하고 있다. 1층 전시실은 시인 기형도, 유년의 윗목, 안개의 강, 은백양의 숲, 저녁 정거장, 빈집, 더 넓게 더 멀리, 사진으로 보는 기형도, 기형도 소리에 담다 등 소제목이 이끄는 대로 따라가면 어느새 시집을 읽는 독자에서 시집 안으로 훌쩍 들어온 '사람'이 되어 버리는 마법을 체험할 수 있다. 2층은 북카페, 도서 공간으로 꾸몄고 3층은 강당과 창작체험실을 마련해 놓았다. 문학관 건물 뒤편에는 '기형도 시길'이 있는데, 시의 제목을 따라 여러 가지 테마를 직접 체험해 보는 야외 공간이다.

기형도 시집을 읽지 않고 문청 시절을 통과한 이들이 있을까. 필자 역시 기형도의 시집을 읽고, 필사하고, 또 읽던 때가 있었다. 그의 시에 대해 후배 시인들은 어떤 마음일까 궁금하여 최근 매우 활발하게 활동하는 창작 동인 '켬'의 이소연 시인과 주민현 시인에게 '기형도의 시는 나에게 어떤 의미인가?' 하는 질문을 던졌다.

이소연 시인은 "기형도는 제게 질투하는 마음을 선물해 준 사람이에요. 나도 좋은 시를 쓸 거야, 하는 마음을 갖게 해요. 기형도의 시를 읽으면 저도 시가 쓰고 싶어져요. 그런 사람입니다."라는 말을 전해 왔다. 주민현 시인은 "우울하고 안개 낀, 그러나 푸른 희망이 뒤섞인 포도밭을 천천히 통과할 수 있어서 좋았다."라는 말을 전했다.

　한 권의 시집과 한 사람의 시인을 기리는 공간에서 독자들은 마음을 누이고 위로를 받으며, 후배 시인들은 그의 시를 질투하고 또 경외하며 살아간다. 시인의 물리적 생은 끝났을지라도 시 안에서는 그가 여전히 살아 있음을 확인하며 마음의 대화를 나눌 수 있는 공간, 기형도문학관이다.

언덕을 걸어 올라가 작은 우물을 품은 커다란 우물 하나가
우묵하게 하늘을 응시하는 그곳의 문을 열고 들어갔다

하늘과 바람과 별과 시인의 우물이라니
종로구 청운동 윤동주문학관

죽는 날까지 하늘을 우러러/ 한 점 부끄럼이 없기를,/ 잎새에 이는 바람에도/ 나는 괴로워했다./ 별을 노래하는 마음으로/ 모든 죽어가는 것을 사랑해야지/ 그리고 나한테 주어진 길을/ 걸어가야겠다.// 오늘밤에도 별이 바람에 스치운다.

윤동주, 「서시」

하늘이 한결 더 높아지는 가을이 오면 자연스럽게 떠오르는 시인이 있다. 잎새에 이는 바람에도 마음을 앓은, 끝내 부끄러움을 몸에 지니고 떠난 시인 윤동주다. 1917년 만주 북간도에서 시작된 윤동주의 삶은 서울의 연희전문을 거쳐 1945년 2월 일본의 후쿠오카형무소에서 끝이 난다. 시인의 짧은 생을 이 한 줄로 요약하고 나니 더욱 그의 시가 읽고 싶어지는 까닭은 어쩌면 가을이 끝나 가고 곧 겨울이 잇대어 오기 때문 아닐까.

만주와 일본, 서울의 어디쯤을 헤매며 시인의 발자취를 찾지 않아도 우리의 지척에 윤동주의 시가 고였다 흐르는 곳이 있다고 하여 찾아가 보았다. 종로구 청운동 인왕산 자락에 있는 윤동주문학관이다.

이곳은 윤동주 시인이 연희전문 시절에 살았던 종로구 누상동 인근인 청운동에 자리한다. 인왕산 자락을 따라 이어진 청운동과 누상동 일대를 산책하던 시인의 발자취를 따서 만든 '윤동주 시인의 언덕'도 문학관과 이어진다. 의대나 법대를 원한 집안의 뜻과 달리 문과에 진학하여 아버지와 크게 불화했다는 시인의 서울살이는 어땠을까. 아마도 쓰고 싶은 시를 마음껏 쓸 수 있는, 일견 숨통이 트이는 곳이었을 거라고 짐작해 본다.

그런 그가 늘 걷던 길목에 자신의 이름을 단 문학관이 세워졌다는 것을 알면 어떤 마음일까. 시「자화상」에서 천착한 '우물'이 옮겨 왔고, 거대한 그 건물 자체가 하나의 우물이 되어 청운동의 푸른 구름을 되비춘다면 또 어떤 표정을 지을까 자못 궁금해졌다.

언덕을 걸어 올라가 작은 우물을 품은 커다란 우물 하나가 우묵하게 하늘을 응시하는 그곳의 문을 열고 들어갔다.

2008년 운영이 중단된 수도가압장이 그 건물 그대로 문학관으로 재탄생하기까지의 여정은 오롯이 '시(詩)'로밖에는 설명할 길이 없다. 산 중턱에 있는 청운아파트에 수돗물을 올려보내기 위하여 지었다는 수도가압장은 아파트가 철거된 뒤로버려지다시피 한 건물이었다. 그 공간에 다시 물이 차오르고흐르는 것처럼 시와 시인의 생을 다시 흐르게 한 가장 커다란공을 세운 것은 역시 시(詩)가 아닐까.

명편들을 잊지 않고자 하는 사람들의 뜻이 모이고, 또 그것을 뒷받침해 줄 다양한 오브제와 손길들이 모여 버려진 건물에 시의 생명을 불어넣은 것. 그야말로 시가 아니었다면 이건물은 그저 오래전에 방치된 폐허에 불과했을 터. 게다가 다른 사람도 아닌 윤동주 시인의 시와 삶이 아닌가.

문학 작품의 문장이 마을을 만들고, 시의 구절들이 애틋하고도 특별한 장소가 되는 것을 여러 번 보아 왔다. 그중에서도 윤동주문학관이 특별할 수밖에 없는 이유는 오로지 '시'에 의한, '시'로 인해 만들어진 장소이기 때문이다. 스물여덟해를 짧게 살다 간 시인이 시로 생생하게 살아 있는 공간이기도 한 까닭에 자꾸만 돌아보게 되는 곳이다.

윤동주문학관의 제1전시실인 '시인채'는 시인의 순결한시심(詩心)을 상징하는 공간으로 윤동주 시인의 생애가 집약되어 있다. 시인의 삶을 시간 순서에 따라 배열한 아홉 가지전시대와 함께 친필 원고 영인본을 전시해 놓았다.

바로 그곳에 용정에서 온, 윤동주 시인의 생가에서 직접 옮겨 온 '나무 우물'이 있다. 윤동주는 시「자화상」에서 우물에 대해 썼다. "산모퉁이를 돌아 논가 외딴 우물을 홀로 찾아가선 가만히 들여다봅니다/ (중략) / 다시 그 사나이가 미워져 돌아갑니다/ 돌아가다 생각하니 그 사나이가 그리워집니다// 우물 속에는 달이 밝고 구름이 흐르고 하늘이 펼치고 파아란 바람이 불고 가을이 있고 추억처럼 사나이가 있습니다"

평생을 일제강점기에서 살다 간 시인에게 우물이란, 자기 자신을 들여다보는 통로이고 어쩌면 유일한 구원의 눈이자 모든 것을 비추는 반사경이 아니었을까. 외면하고 벗어나고 싶어 멀찍이 돌아서 가다 결국은 돌아와 다시 얼굴을 비춰 볼 수밖에 없는 마음의 장소인 셈이다. 나무 우물 옆에는 설명이 덧붙었다. "이 우물 옆에 서면 동북쪽 언덕으로 윤동주가 다닌 학교와 교회 건물이 보였다고 합니다. 이 우물에 대한 기억은 오래오래 남아 그의 대표작「자화상」을 낳습니다."

고작해야 우물을 들여다보는 일밖에 할 수 없는 시대에 우물의 표면에 가장 많이 비친 모습은 아마도 윤동주 자신의 얼굴일 것이다. "겨울철 꽃 같은, 어름(얼음) 아래 다시 한 마리 잉어와 같은 조선 청년"이라는 정지용의 서문이 유독 눈에 와 닿는다. 차가운 얼음 아래에서 헤엄치는 잉어는 하늘을 올려다본 적이 있을까. 우물의 잉어가 하늘을 올려다보는 일 외에 달리 할 수 있는 일이 있기나 했을까.

잉어, 아니 윤동주가 들여다보고 얼굴을 가둔 우물을 오래 바라볼 수 있는 공간이 시인채다.

나무 우물의 우묵한 눈을 지나 제2전시실에 들어가면 물탱크의 원형 그대로 보존된 모습이 보인다. 제2전시실은 '열린 우물'로 제1전시실인 시인채와 닫힌 우물인 제3전시실을 잇는다. 벽에 고스란히 남은 오래된 물때가 물이 차올랐던 시절의 흔적을 말해 주는 공간이기도 하다.

　　물때와 곰팡이가 많이 핀 이곳의 천장을 뜯어서 하늘을 보게 만들고 '열린 우물'이라 명명했다고 한다. 나무 우물을 통과하여 열린 우물을 만나면 물이 고인 자국들을 따라 돋아난 윤동주 시의 시원(始原)을 만난다. 아래에서 하늘을 올려다보는 일과 위에서 내려다보는 일을 선택할 수도 있어서 우물의 본질, 그곳에 비친 자신의 모습을 상상할 수도 있는 공간인 셈이다.

　　조감도처럼 하늘에서 이곳을 바라봤을 때는 여기야말로 우물의 눈이 아닐까. 이 건물을 하늘에서 내려다보면 시인이 그토록 천착해 마지않은 우물의 형상인 셈이다. 그리하여 윤동주문학관은 크고 작은 우물의 집합소다. 시인의 우물과 시의 우물이 만나 죽은 시인을 끝없이 되살려내는 곳.

　　바로 옆 제3전시실이자 나머지 하나의 물탱크는 '닫힌 우물'이라는 말 그대로 닫혀 있는 곳이다. 문학관 건물의 가장 안쪽에 위치하여 가장 늦게 발걸음한다. 우물의 뚜껑을 열듯이 굳게 닫힌 철문을 열고 들어가야 한다. 한때 물을 보관하던 실내의 모습은 여전히 휑뎅그렁하게 비어 있지만 어쩐지 무엇으로 꽉 찬 듯한 공간이기도 하다.

윤동주가 마지막 숨을 거둔 후쿠오카형무소의 독방을 형상화한 장소라고 한다. 네모반듯하고 사방이 막힌 공간이 감옥을 연상시킨다. 천장의 네모난 통기창으로 햇빛이 들어오면 감옥의 창살 사이로 들어오는 햇빛과도 겹쳐진다. 벽면에 윤동주의 인생을 담은 영상이 상영되는데, 그곳에 오래 앉아 있으면 감옥에서 매우 쓸쓸하게 죽어 간 젊은 시인의 마지막 시간들이 다가오는 것 같다.

이곳을 찾는 사람들이 가장 인상 깊은 장소로 꼽는 것도 이런 까닭이 아닐까. 시 혹은 숨으로 꽉 차올라 수위가 높은 물탱크다.

닫힌 우물로 들어오는 햇빛을 따라 나오면 건물 밖 '윤동주 시인의 언덕'과 만난다. 젊은 시절의 윤동주가 시와 삶 그리고 시대의 엄혹한 칼날과 조국의 현실을 고민하며 걷던 길이 나오는 것이다. 작은 우물과 큰 우물을 지나 만나는 길에서 윤동주가 남긴 시를 읊으며 걷다 보면 곳곳에서 시인을 만나는 산책로다.

여기는 우물에 비친 자신의 모습을 들여다보고 산 둘레를 따라 걸으며 별을 헤아리던 시인의 자리다. 유독 마음의 소리에 엄정했고, 그로 말미암아 모든 것을 부끄러운 시선으로 바라보던 사람이 시를 쓴 공간이다. 물론 우리가 지금 만날 수 있는 것은 윤동주가 남긴 시편들과 얼마 되지 않는 그의 발자취를 따라가 보는 일뿐이다. 그러나 한 시대를 아프게 살다 간 젊은 시인이 시로써 이곳에 살아 있다는 사실은, 시와 시를 둘러싼 마음들이 이 장소 자체를 둘러싸고 있다고 생각하면 이 장소야말로 세상에 있는 모든 우물 중에서도 가장 특별한 시의 우물이 되는 셈 아닐까.

이곳을 되살려 준 손길들이 하염없이 고마워진다. 여기는 젊은 시인이 산길을 따라 걷고 시의 결을 매만지던 자리, 우물 안에서 별을 헤아려 보는 윤동주문학관이다.

제주 4·3평화기념관

그 거울은 계속해서 닦아 주어야 한다

먼지가 쌓이지 않게

누구나 잘 들여다볼 수 있게

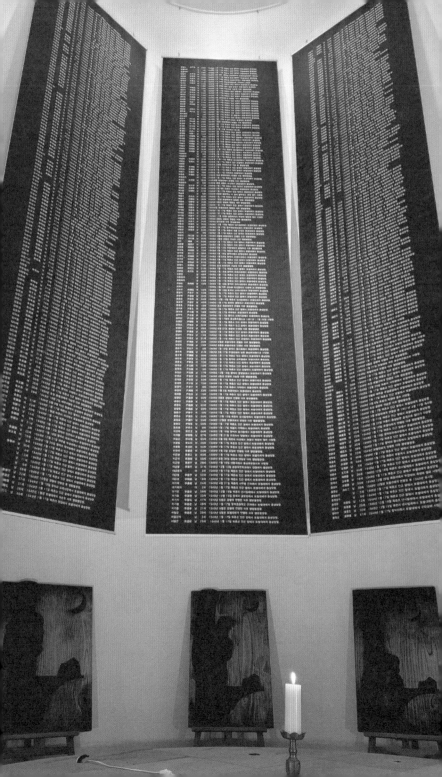

다시 순이 삼촌 곁이라니

제주 4·3평화기념관

아, 한날한시에 이 집 저 집에서 터져 나오던 곡소리. 음력 섣달 열여드렛날, 낮에는 이곳저곳에서 추렴 돼지가 먹구슬나무에 목매달려 죽는 소리에 온 마을이 시끌짝했고 오백위(位) 가까운 귀신들이 밥 먹으러 강신하는 한밤중이면 슬픈 곡성이 터졌다. (중략) 우리는 한밤중의 그 지긋지긋한 곡소리가 딱 질색이었다. 자정 넘어 제사 시간을 기다리며 듣던 소각 당시의 그 비참한 이야기도 싫었다. 하도 들어서 귀에 못이 박힌 이야기. 왜 어른들은 아직 아이인 우리에게 그런 끔찍한 이야기를 되풀이해서 들려주었을까?

현기영, 「순이 삼촌」 중에서

올해도 어김없이 4월 3일 10시, 제주 전역에 1분 동안 사이렌이 울려 퍼졌다. 누군가에게는 73년 전으로 돌아가게 하는 신호탄이며 또 다른 누구에게는 듣기도 전에 그날의 산지

97

옥이 먼저 펼쳐질 날의 소리들이다. 지천으로 떨어진 끝 무렵의 동백꽃도 파편처럼 흩어진 채 그 소리를 듣는다.

어떤 사이렌은 앰뷸런스나 경찰차의 그것이 아닌 자신의 귓전에만 울려 대는 소리여서 무엇을 어찌해 보지 못하고 꼼짝없이 일생을 그 소리에 함몰된 사람들이 있다. 그렇게 천형처럼 짊어지고 온 귓속의 사이렌이 시대가 바뀌어 이제는 섬 전체에 크게 울린다. 섬이 우는 것 같다. 이날만큼은 섬이 아니라 죽은 이의 원통한 소리를 담는 커다란 귀가 되는 자리, 제주다.

제주 4·3항쟁은 1940년대 말 남측만의 단독 정부 수립에 반대하는 제주 시민들을 경찰이 강제 진압하는 과정에서 당시의 제주 인구 27만 명 중에서 3만 명이 무고하게 희생된 사건이다. 제주 4·3사긴 진싱 조사 보고서에는 1948년 4월 3일 남로당 제주도당 무장대가 무장봉기한 이래 1954년 9월 21일 한라산 금족 지역이 전면 개방될 때까지 제주에서 발생한 무장대와 토벌대 간의 무력 충돌과 토벌대의 진압 과정에서 수많은 주민이 희생당한 사건이라고 적혀 있다. 많은 곳에서 셀 수 없는 사람들이 죽어 나간 까닭에 그때 제주 곳곳에 사람이 죽지 않은 자리를 찾는 게 더 빠를 정도가 되어 버렸다.

아, 떼죽음당한 마을이 어디 우리 마을뿐이던가. 이 섬 출신이거든 아무라도 붙잡고 물어보라. 필시 그의 가족 중에 누구 한 사람이, 아니면 적어도 사촌

까지 중에 누구 한 사람이 그 북새통에 죽었다고 말하리라. 군경 전사자 몇 백과 무장공비 몇 백을 빼고도 3만 명에 이르는 그 막대한 주검은 도대체 무엇인가.

현기영, 「순이 삼촌」 중에서

이념과 사상의 문제는 차치하더라도 너무 많은 사람이 지은 죄 없이 죽임을 당했다. 여기에 몰살과 학살의 모습을 쓰려는 것은 아니다. 다만 그런 죽음이 있었다는 것, 시신조차 찾지 못하는 사람의 수는 아직도 제대로 헤아려지지 않았다는 사실을 말해 보고자 할 따름이다. 엄혹한 시대에 일종의 금기로만 떠돌던, 살아남은 사람들조차 입에 올리기 꺼리던 그 일을 소설로 쓴 사람이 있다. 바로 제주 출신의 소설가 현기영이다.

그는 1941년 지금의 제주시 노형동 함박이굴마을에서 태어나 자랐다. 오현고등학교와 서울대학교 사범대학 영어교육과를 졸업한 후에 서울사대부고에서 교직 생활을 하다 1975년 동아일보 신춘문예에 당선되며 소설가가 되었다. 1979년 첫 소설집 『순이 삼촌』에서 제주 4·3사건을 정면으로 다룬 죄목으로 1979년 10월 보안사에 끌려가 모진 고초를 당한다. 금기를 깬 대가였다. 4·3항쟁을 온몸으로 겪은, 제주 출신 작가가 짊어져야 하는 숙명이 아니었을까.

선생의 용기 덕분에 드디어 4·3항쟁이 수면 위로 올라왔고 사람들은 제주에서 무슨 일이 일어났는가에 관심을 갖기 시작했다. 「순이 삼촌」을 시작으로 다른 작품에서도 4·3사건을 그 일은 최근까지도 활발하게 이어지고 있다. 다시 돌아가서 「순이 삼촌」 이야기를 해 보자면 선생은 소설에서 이렇게 되물었다.

"도대체 비무장공비란 것이 뭐우꽈? 무장도 안 한 사람을 공비라고 할 수이서 마씸? 그 사람들은 중산간 부락 소각으로 갈 곳 잃어 한라산 밑 여기저기 동굴에 숨어 살던 피난민이우다."

현기영, 「순이 삼촌」 중에서

어떤 작품은 문장과 서사 그리고 비유와 상징을 넘어서 그 자체로 하나의 진실이 된다. 사관의 붓이며 판결문의 자리에 선다. 지금의 우리에게는 「순이 삼촌」이 바로 그런 작품이다. 그리하여 매년 4월이면 어김없이 사람들의 뇌리에 스치는 「순이 삼촌」의 문장들과 현기영이라는 기표 그리고 그 속의 펄펄 끓는 기의들.

제주 북촌의 너븐숭이 4·3기념관에는 현기영 소설가의 저서가 전시되어 있고, 그 옆 옴팡밭에는 「순이 삼촌」 문학비가 세워져 있다. 북촌이 어떤 곳인가. 한날한시에 양민 400여 명이 군인들에게 처참하게 살해된 장소 아니던가. 그 어느 곳보다 더 처참하게, 끌려간 거의 모두가 죽은 곳 아니던가. 무덤도 세우지 못하고 모두 모아 묻어 버린 자리가 즐비한 곳 아니던가.

소설의 순이 삼촌은 그때 당시 도피한 남편 때문에 입산자 가족으로 분류되어 모진 고문 끝에 집단 학살의 현장으로 끌려갔다. 창졸간에 남매를 잃고도 살고, 옴팡밭에 널브러진 시체들을 들어내어 그 자리에 고구마 농사를 지으면서도 살았던 사람이다. 순이 삼촌은 30년이 지난 후에 어떤 말도 남기지 않고 옴팡밭으로 들어가 목숨을 끊는다. 소설 바깥의 현기영은 4·3항쟁에서 꼭 30년이 지난 뒤 소설로 그 사건을 말하기 시작했고, 그의 문장들이 끌어올린 사건 덕분에 이제는 모두가 알아 버린 4·3항쟁의 실상이다.

> (……) 그 죽음은 한 달 전의 죽음이 아니라 이미 30년 전의 해묵은 죽음이었다. 당신은 그때 이미 죽은 사람이었다. 다만 30년 전 그 옴팡밭에서 구구식 총구에서 나간 총알이 30년의 우여곡절한 유예를 보내고 오늘에야 당신의 가슴 한복판을 꿰뚫었을 뿐이었다.
>
> 현기영, 「순이 삼촌」 중에서

순이삼촌비 곁의 붉은 화산송이는 억울하게 죽은 희생자들의 피를 상징하고, 이리저리 아무렇게나 놓인 돌비는 제대로 안장하지 못한 관들이다. 애기무덤에 올려둔 동백꽃이 여기저기 놓인 옴팡밭과 돌비 사이에 옹송그리고 누워 있는 순이 삼촌.

소설을 읽은 사람이라면, 아니 4·3항쟁을 겪은 사람이라면 대번에 알 수밖에 없는 모습일 터다. 소설을 넘어선 그때의 그 현장이다. 소설이 소설이 아니고, 과거가 더 이상 과거가 아닌 현재로 공존하는 공간이다. 애기무덤들 위에 놓인 동백꽃이 유독 선연히 빛나는 장소다. 인기척처럼 다가든 파도가 그들을 위무하는 공간이며 사원이 된 곳이다.

너븐숭이 4·3기념관에서 행불인 묘역까지의 길을 안내해준 제주 토박이이자 제주에서 후학을 양성하는 문학평론가 김동현 박사는 「순이 삼촌」에 대하여 1978년이라는 시대 분위기를 생각하면 그것만으로도 매우 커다란 기념비적 작품이라고 말했다. 이 작품은 문학이 4·3항쟁의 진실을 어떻게 바라봐야 하는지 보여 주는 하나의 커다란 질문이 아닐까 한다고도 덧붙였다.

김동현 박사는 4·3항쟁과 제주를 외지인들은 어떤 시각으로 바라봤으면 하는가, 라는 질문에 4·3항쟁을 제주의 아픈 역사로만 바라보지 말라는 당부의 말을 전해 왔다. 비단 제주의 역사뿐만 아니라 해방정국임을 감안했을 때 한반도 어느 지역이라도 겪을 수밖에 없는 비극이기 때문이라고도 했다. 또 비극만으로는 설명할 수 없는 다양한 사실이 존재하는 역사라서 4·3항쟁은 한마디로 정의 내릴 수 없는 사건이나 진실이라는 의견을 피력했다.

지나간 과거가 아닌 앞으로의 미래를 내다볼 수 있는 거울과도 같은 사건이라는 말이었다. 그 거울은 계속해서 닦아 줘야 한다. 먼지가 쌓이지 않게, 누구나 잘 들여다볼 수 있게.

일흔세 해가 지난 4·3항쟁은 지금까지도 끝나지 않은 것 투성이다. 가장 큰 예로 행방불명인 채 아직도 집에 돌아오지 못한 행방불명인 사람들이 있지 않은가. 너븐숭이 4·3기념관에서 얼마 떨어지지 않은 곳에 행불인 묘역이 있다. 그때 사라졌다고 짐작만 할 뿐 어디서 어떻게 언제 죽었는지조차 몰라 그들의 몰시는 아직 묘비에 쓰여 있지 않다. 유족들 또한 제삿날을 알지 못해 각자 정한 대로 제사를 지내러 온다.

그러는 동안에도 북촌의 애기무덤은 해마다 새로운 동백꽃을 머리에 이고, 「순이 삼촌」의 문장들은 또 누군가에게 4·3항쟁을 새롭게 일러 줄 따름이다. 비단 이 작품뿐 아니라 제주 전체가 그들의 아픔을 덮거나 도려내려 하지 않고 함께 앓고 보듬어 주려는 노력을 끊임없기 계속했기에 그 섬이 금기의 4월을 터놓고 말할 수 있게 된 것은 아니었을까.

제주의 4월은 동백꽃으로도 유명하다. 문학은 떨어지는 동백꽃만큼도 힘이 없을 때가 있지만 때로 그 꽃, 아니 문장은 떨어지는 순간을 영원으로 기록한다. 그 기록의 힘으로 사람들이, 제주가 산다. 옴팡밭의 애기무덤 위로 매년 동백꽃이 떨어져 내리고 오름마다 새겨진 원통한 마음들에도 꽃은 떨어지겠지만 멀리서나마 제주의 모든 순이 삼촌에게 붉은 마음의 구절 하나 남긴다.

밑바닥 터진 젯상에 진설할 거라고는/ 봄을 일으켜 세운/ 꽃밥밖에 없어

서/ 언 마음 녹이시라고 동백꽃 송이 올립니다.

홍경희, 「동백 밥상」

4월의 사이렌이 동백꽃 속에서 울리는 제주다.

세월호제주기억관

그
기
척
을
잊
지
않
을
테
니
부
디
명
목
하
기
를

그 봄의 금요일이라니
세월호제주기억관

너는 돌 때 실을 잡았는데/ 명주실을 새로 사서 놓을 것을 쓰던 걸 놓아서 이리 되었을까.// 엄마가 다 늙어 낳아서 오래 품지도 못하고 빨리 낳았어./ 한 달이라도 더 품었으면 사주가 바뀌어 살았을까.// 엄마는 모든 걸 잘못한 죄인이다./ 몇 푼 벌어 보겠다고 일하느라 마지막 전화 못 받아서 미안해 엄마가 부자가 아니라서 미안해. 없는 집에 너같이 예쁜 애를 태어나게 해서 미안해.// 엄마가 지옥 갈게 딸은 천국에 가.

안산 합동분향소에 있던 단원고 학생 어머니의 편지 중에서

공교롭게도 딸아이의 백일상에 올려 둔 용품들과 명주실 타래를 책상 서랍에 넣어 둔 날이었다. 차일피일 정리를 미루다 결국 아이가 200일 가까이 되고 나서야 계획했던 예쁜 상자에 넣는 일은커녕 그것들을 그저 안 보이는 데로 치우기만

한 거였다. 하필 그 저녁에 저 편지를 읽고야 말았다. 처음 본 것이 아닌데도 마음 한쪽의 실밥이 툭 터지는 느낌이었다.

다시 4월이다. 당연히 돌아가는 시계고 돌아오는 계절인데도 그날 이후로 4월이면 이상하게 몸과 마음이 늑진하다. 아기를 낳고 나니 뼈 안쪽이 더 지긋이 아프다. 멀리 떨어진 나도 이럴진데 그 아이들의 엄마 아빠는 어떨까 하며 제주 쪽을, 합동분향소와 학교가 있는 안산 쪽을 온 마음을 다해 굽어본다.

2014년 4월 16일. 소설 마감과 학교 수업이 연달아 있어서 밤새워 일하고 정신없이 등교한 날이었다. 교실의 학생들 얼굴을 살필 겨를도 없이 서둘러 교재를 펼치기에만 급급했다. 그런데 이상하게도 아이들의 행동이, 교실의 공기가 여느 날과 사뭇 달랐다. 그제야 무슨 일인가 싶어 마주 앉은 학생들의 얼굴을 쳐다보니 몇몇이 울고 있었다. 왜 그러냐고 물었지만 대답 대신 우는 소리만 돌아왔다. 단원고와는 10여 킬로미터쯤 떨어진 곳이었다.

등교하면 반납해야 할 휴대폰을 고스란히 손에 쥔 학생들과 초조한 듯 누군가의 전화를 기다리며 이런저런 소식들을 주고받는 학생들 사이에서 갈피를 못 잡고 있는데 '전원 구조'라는 자막이 올라왔고 모두 안도하며 1교시 수업을 마쳤을 때였다.

전원이 구조되지 않았다는 사실은 수업이 채 끝나기도 전에 퍼졌고, 학생들은 다시 울기 시작했다. 그 후의 일들은 파편적으로만 남아 있다. 추모를 위한 모임이나 분향소에 가지 말 것, 상복으로 느껴질 만한 색의 정장을 입고 등교하지 말 것 등의 '이상한' 공문이 내려왔고, 그것이 하달될 때마다 나를 비롯한 여러 선생님은 탄식과 저항의 말을 쏟아 냈다.

노란 리본을 달고 등교하는 것도 금지였다. 나는 시중에서 구할 수 있는 가장 커다란 리본 스티커를 구하여 차에 붙였다. 꿋꿋하게 검은 옷을 입었고, 방과 후 수업 대신 장례식장에 다녀오겠다는 아이들을 말리지 않았다. 1주기에는 광화문 광장으로 갔다.

광장을 빙 둘러싼 그날의 차벽과 저항하는 사람들 그리고 경복궁 앞에 웅크린 삭발한 유가족들. 곳곳에서 터지는 비명과 고함 그리고 차벽을 넘어갔다가 아예 차체를 쓰러뜨리는 사람들 곁에 나는 그저 서 있었다. 낮에 경복궁 앞에 모여시 시위하는 유가족들에게 생수와 초콜릿 바를 전달하려다 실패한 뒤부터 그때까지 나 역시 물 한 모금 제대로 마시지 못한 상태였다. 이리저리 사람들이 몰려다니는 한복판에 그저 서 있기만 할 따름이었다. 단지 그 한가운데 자식을 잃은 어머니와 아버지가 머리를 깎고 밥을 굶고 앉아 있다는 이유였다. 그것밖에, 그렇게밖에 할 수 없는 날이었다.

대학 강의실에서 세월호와 관련된 문학 작품을 읽는 중에 누군가 크게 울어 이유를 물어보니 그 전날 수학여행을 마치고 자신들이 타고 온 배가 세월호여서 어쩌면 '우리의 일'이

될 수도 있었다는 학생의 목소리를 들었을 때의 아연함이라니. 그 이야기를 듣는, 같은 강의실에 있는 희생자 친구의 얼굴은 또 얼마나 어두웠던가.

8년이 지났다. 그 후 세상은 얼마나 많은 것이 변했나. 그 자리에 있던 사람들과 정책 결정자들은 얼마나 달라졌나. 8년은 얼마큼의 수치인가. 대충 가늠하기도 전에 여전히 광장에, 청와대 앞에 '자식을 잃은 어머니와 아버지'가 계속해서 삭발을 하고 끼니를 거르며 서 있다. 왜? 대체 어째서 저들이 여전히 저 자리에 서 있는가.

혹시 세월호에 관해서라면 그날부터 지금까지 한 치의 시간도 흐르지 않은 것은 아닐까.

정권이 바뀌고 사람들이 세월호를 잊어 가는 동안에도 유가족을 비롯하여 생존자들은 많은 것을 '스스로' 해 나갔다. 단원고에 4·16기억교실을 세워 기록물 보존과 유품, 유류품을 보존 관리하기 시작했고, 기록 유형에 상관없이 세월호 참사와 관련된 모든 기록물을 수집, 등록, 분류, 정리했다. 마을 공동체 등과 협업하여 마을 아카이빙 양성 교육, 미래 세대 청소년 기록단 양성 교육과 단원고 4·16기억교실에서의 민주 시민 교육 등을 활성화했으며 4·16기억전시관의 문을 열었다. 총 100권으로 쓰인 구술 증언록 『그날을 말하다』를 출간했으며 팽목항에 '팽목기억관'을 세우고 지켰다. 엄마들이 모여 뜨개질을 했고, 아빠들은 목공에 작업을 시작했다. 합창단과 연극팀을 꾸려 전국 곳곳을 다니며 공연도 했다. 명예 졸업식을 치렀으며, 해마다 기일이 되면 각자의 방식으로 아이들을 추모하러 다닌다. 희생자 학생들 외에 일반인 유가족도 마찬가지다.

모두 다 잊지 않기 위하여, 참척의 아픔을 삭이려 다니는 길 위에서 저마다의 방식으로 쌓은 발자취들이었다. 유가족들은 5·18과 선감학원, 남영호 등의 피해자들을 만나는 일도 병행했다. 상처와 상처들이 만나 참사와 안전 그리고 연대라는 말들과 함께 새로이 어깨를 견주었다.

제주에 기억 공간을 만든 것도 유가족들이었다. '세월호제주기억관'은 "세월호 참사로 희생된 우리 아이들이 그토록 오고 싶어 했지만 끝내 닿지 못한 곳, 제주에 아이들을 위한 기억 공간을 만듭시다."라는 생존 학생 장애진 아빠 장동원 님의 제안으로 시작되었다.

4·16가족협의회와 평화쉼터 신동훈 대표가 협약서를 체결하고 6개월의 준비 기간을 가졌으며, 신동욱 작가가 완성한 현판 글씨체를 강정마을을 지키던 문정현 신부께서 조각해 주었다. 이 소식을 듣고 제주로 속속들이 도착하는 도서와 조각품, 나눔 물건 등을 전시하면서 2019년 11월 6일 제주 4·3 평화공원 아래에 '세월호제주기억관'이 탄생했다.

누구나 편안하게 찾아와 희생자들을 추모하고 기억할 수

있는 '사람과 함께 하는 공간'을 목표로 하며 기억관 내의 세월호 리본 옆에 그 달에 생일을 맞은 아이들을 기리는 일도 하고 있다. 2015년에 택시기사 임영호님의 도움으로 '한별이'에게 생일 케이크와 꽃 화분을 전달한 기억이 있는 나로서는 그 생일 기억 공간이 무척 특별하게 보였다. 기일이나 추모 대신 생일을 기억해 주는 일이라니!

제주기억관에서는 세월호를 상징하는 노란 리본뿐만 아니라 4·3의 아픈 기억을 새긴 동백 배지도 함께 전시하고, 그곳을 찾는 사람들에게 리본과 배지를 같이 나눠 주는 일을 진행 중이다.

애통을 넘어 단장이 끊어진 듯한 아픔 속에서도 유가족들은 먼저 간 아이와의 약속을 잊지 않기 위하여, 그들의 죽음을 헛되게 하지 않기 위하여 이 많은 일을 '스스로' 해 나갔고, 아직 아무런 답이 없는 정부에 진상 규명을 촉구하는 일을 멈추지 않았다.

그 목소리를 정부는 듣고 있는가. 이 모든 일이 한낱 꿈이라면, 지어낸 이야기라면 훌훌 털고 일어나 버리면 그만일 텐데. 정치인들의 약속은 허공에 떠 있고, 노란 리본은 나날이 빛을 잃어 가는 동안에도 '엄마'이자 '아빠'인 가족들은 힘을 냈다. 8년이 지나는 동안 서서히 사람들의 뇌리에서도 잊어져 가던 아이들의 흔적을 혼신을 다해 기록해 두었다. 잊지 않겠다는 약속이 그들에게는 노란빛의 숙명처럼 다가든 것이다. 세상에 존재하는 안전법들은, 연대의 방식들은 유가족이 해낸 것이라는 말이 떠오른다.

엄마 아빠가 직접 만든 목공예품은 현란하게 꾸미거나 노련하게 매만진 솜씨는 아니지만 사포질 하나에도 아이의 모습을 담아 완성했을 거라 생각하면 세상에서 가장 애잔한 조형물처럼 느껴진다. 그 옆에는 304개의 리본 트리와 기억 조형물이 제주기억관을 꽉 채우듯 놓여 있다. 관람객은 물론이거니와 생존자들도 다녀가는데, 희생자와 더불어 생존자들 역시 나름의 방식으로 이 시간을 견디고, 또 미래를 향해 나아간다. 그들의 앞길이 모쪼록 편안하기를.

금요일에 돌아오기로 약속하고 수요일에 떠난 수학여행은 여전히 진도 해상 어디쯤에서 멈춰 있다. 그들 대신 세월호기억관이 제주에 왔다.

단원고 학생들이 못다 한 수학여행을 내가 할 수 있는 가장 최선의 방법으로 마무리해 주고 싶었다. 매년 다가오는 봄 어느 금요일에는 꼭 꿈으로라도, 바람이나 이슬, 햇살로라도 다가와 주기를, 후생에는 꼭 다시 태어나 무병장수하기를 바라는 마음으로 그들의 수학여행 길에 동참했다.

어디까지 와시니?/ 용머리해안까지 와수다/ 어디까지 와시니?/ 마라도 와수다/ 어디까지 와시니?/ 약천사 와수다/ 어디까지 와시니?/ 외돌개 와수다/

어디까지 와시니?/ 사려니숲에 와수다/ 어디까지 와시니?/ 절물휴양림 와수다/ 어디까지 와시니?/ 허브동산 와수다/ 어디까지 와시니?/ 미천굴 와수다/ 어디까지 와시니?/ 성산일출봉 와수다/ …… 이젠 어디로 갈 거고/ ……엄마……/ ……집에는 언제 와시니?/ ……아빠……/ 아가, 어디까지 와시니?/ ……못 찾겠다 꾀꼬리!/ ……할아버지……// (중략) 내 소리 들어점시냐/ 이 하르방 보염시냐/ 설운 애기 어디까정 와시니?/ 못 찾겠다 꾀꼬리 꾀꼬리 꾀꼬리/ 못 찾겠다 꾀꼬리 꾀꼬리 꾀꼬리// (중략) 찾았다!/ 안녕…… 할아버지!

이은선, 「귤목(橘木)」(『유빙의 숲』) 중에서

너희가 가족들 곁에 잠시라도 다녀가면, 언제라도 그것이 곧 봄의 금요일일 테니, 그 기척을 잊지 않을 테니, 부디 명목 (瞑目)하기를.

115

광주 한강 소설가

그렇게 소년이 왔다

소년이 온 그 푸르른 봄날이라니

광주 한강 소설가

2009년 1월 새벽, 용산에서 망루가 불타는 영상을 보다가 나도 모르게 불쑥 중얼거렸던 것을 기억한다. 저건 광주잖아. 그러니까 광주는 고립된 것, 힘으로 짓밟힌 것, 훼손된 것, 훼손되지 말았어야 했던 것의 다른 이름이었다. 피폭이 아직 끝나지 않았다. 광주가 수없이 되태어나 살해되었다. 덧나고 폭발하며 피투성이로 재건되었다.

한강, 『소년이 온다』 중에서

"존엄과 폭력이 공존하는 모든 장소, 모든 시대가 광주가 될 수 있다." 이 문장은 2017년 『소년이 온다』로 이탈리아 말라파르테문학상을 받은 소설가 한강의 수상 소감 중 일부다. 그는 뒤이어 이렇게 전한다. "이 책은 나를 위해 쓴 게 아니며, 단지 내 감각과 존재, 육신을 (광주민주항쟁에서) 죽임을 당한 사람, 살아남은 사람, 그들의 가족에게 빌려 주고자 했을 뿐"이라고.

그러기까지 작가가 겪어야 했을 내적 고투와 80년 광주를 원형으로 하는 이들의 삶의 궤적을 미루어 짐작하는 일은 많은 고통을 수반한다. 그해 봄에 광주에서 일어난 참상을 보거나 겪은 사람들의 삶은 그 이전과 이후로 나뉘어 있으니 말이다. 하지만 때로 그 '미루어 짐작' 하는 일이 얼마나 많은 이해와 오해를 불러일으키는가. 그의 글을 읽는 다수의 사람은 '그 곳'에 있지 않고, '그 일'을 자세히 모르고, '그 시간'을 겪은 것도 아닌데 무려 '미루어 짐작'이라니.

하지만 소설은, 작가는 그 '일들' 속으로 곧바로 침투하여 그 어느 상황을 그리더라도 침착을 유지하며 일관되게 구술한다. 그리하여 독자가 어떤 '짐작'을 가능하게 한다. 소설 『소년이 온다』의 이야기다.

『소년이 온다』는 소설이라는 형식을 빌려 와 영과 육, 죽은 자와 산 자의 이야기를 하지만, 이것은 엄연한 현실의 기록이다. 아직도 판결이 끝나지 않은, 피해자들의 참상의 기록이 지금도 덧대어지는 현재형의 실재다.

작가는 어느 인터뷰에서 그때 당시 가족들과 함께 서울로 이주한 터라 고향의 참혹한 시간에 대하여 '뒤늦게 알았다'는 고백과 더불어,『소년이 온다』가 출간되기까지 "34년을 건너서 우리에게 한발 한발 걸어오는 그런 이야기였으면" 좋겠다는 소회를 남겼다.

소설의 형식 자체를 여러 명의 시점으로 쓸 수밖에 없던 이유 또한 그것일 터다. 한 사람의 목소리만으로는 도저히 담아낼 수 없는, 너무도 많은 이가 그에게 다가와 울부짖었을 테니 작가로서는 도무지 어찌할 바 몰랐을 시간이었을지도.

죽은 자들의 말을 받아 적으며 작가는 영혼의 몸주 노릇을 충실하게 해냈다. 소년과 소년을 둘러싼, 소년이 지나쳤던 '그곳에 있던 사람들'의 소리를 끝내 받아 적었다. 이 모든 것은 다 그 이야기가 80년 봄 광주에서 일어난 일이기 때문일 터. 몸주가 겪어야 했을 고통을 그리하여 함께 '미루어 짐작' 해 봐야 하는 이유이기도 하다.

이 책이 번역되어 여러 나라로 뻗어 나가 읽히는 것 역시 억울한 영혼들의 목소리를 대변한 작가의 힘일 것이다. 이제 『소년이 온다』는 나라마다 제목을 달리하여 세계의 독자들을 '처절하게 고립되어 원통하게 죽어 간 사람들의 시간'으로 붙들어 놓는다.

이 무시무시한 일을 소설가 한강은 끝내 해내고 말았다.

소설가 한강은 1970년 전남 광주에서 태어났다. 1993년 『문학과 사회』에 시가 당선되었고, 이듬해 서울신문 신춘문예에 단편소설 「붉은 닻」이 당선되어 작품 활동을 시작했다. 장편소설은 『검은 사슴』『그대의 차가운 손』『채식주의자』 『바람이 분다, 가라』『희랍어 시간』『소년이 온다』『흰』 등이 있고, 소설집은『여수의 사랑』『내 여자의 열매』『노랑무늬 영원』등이 있다. 오늘의 젊은 예술가상, 한국소설문학상, 이상문학상, 황순원문학상, 맨부커상, 말라파르테문학상, 김유정문학상 등을 수상했다.

열 살 남짓의 광주 출신 소녀는 아버지의 서재 깊숙한 곳에 숨겨진 광주 항쟁의 기록물을 보며 자란다. 그때를 회고하던 한강은 어느 인터뷰에서 자신이 직접 겪은 이야기가 아니기에 광주 이야기를 쓸 거라고는 짐작하지 못한 채 살았다고 했다. 그렇게 지내 오다가 어떻게 하다 보니 이 이야기를 뚫고 지나야겠다는, 그러지 않으면 글을 못 쓸 것 같은 그런 시점에 도달했을 때 비로소 5·18 광주에 대하여 쓰기 시작했다고 밝혔다.

'이 이야기를 뚫고 지나야겠다'는 것은 결국 작가로서 가장 끝까지 밀어붙인, 끝내 헤내야만 히는 운명적 이야기인 끼닭 아니겠는가.

썩어 가는 내 옆구리를 생각해./ 거길 관통한 총알을 생각해./ 처음엔 차디찬 몽둥이 같았던 그것,/ 순식간에 뱃속을 휘젓는 불덩어리가 된 그것,/ 그게 반대편 옆구리에 만들어 놓은, 내 모든 따뜻한 피를 흘러나가게 한 구멍을 생각해./ 그걸 쏘아 보낸 총구를 생각해./ 차디찬 방아쇠를 생각해./ 그걸 당긴 따뜻한 손가락을 생각해./ 나를 조준한 눈을 생각해./ 쏘라고 명령한 사람의 눈을 생각해.

한강,『소년이 온다』중에서

자국의 국민에게 총부리를 겨누어 쏜 군인들과 그들을 그 자리에 서게 만든 자의 명령이 그 열흘의 광주를 만들었다. 열흘이 훨씬 지나 34년이 흘러도, 2021년이 와도 광주는 계속해서 어디선가 '되어나'고 있다. 인간의 존엄이 짓밟히고 죄 없는 사람들이 억울하게 산화하는 곳이라면 그곳이 어디든 '광주'라고 한강은 말한다. 그런 의미에서 어느 해의 용산도 그리고 지금의 미얀마도 광주의 또 다른 '광주' 아닌가.

　　죄 없이 죽은 사람이 짐짝처럼 실려 가 함부로 불태워지고, 어린아이까지도 총에 맞는 것을 본 자들의 기록은, 실상은 인간의 존엄은 찾아볼 수 없을 만큼 망가졌는데, 총을 쏘라고 명령한 자들은 각자의 자리에서 제 방식대로 편안했으며, 심지어 아직도 잘살고 있다. 행방불명된 사람들의 가족이 '시체라도 찾게 해 달라'며 광주 전역 여기저기를 이 잡듯이 뒤지고 다녀도, 뻔뻔하게 광주에 찾아가 '나는 죄가 없다' '기억나지 않는다'는 이야기를 해대는 그 시절의 명령권자에게도 80년 광주의 시간은 지나갔지만, 여전히 살아 있는 그 무엇이다.

　　당신이 죽은 뒤 장례를 치르지 못해,/ 당신을 보았던 내 눈이 사원이 되었습니다./ 당신의 목소리를 들었던 내 귀가/ 사원이 되었습니다./ 당신의 숨을 들이마신 허파가 사원이 되었습니다.

　　　　　　　　　　　　　　　　한강, 『소년이 온다』 중에서

가해자들은 처벌받지 않았고 행불자들은 여전히 행방불명인 채로 그렇게 있다. 매일 장례를 치르는 마음으로 산 까닭에 한 몸이, 집 전체가 사원이 되어 버린 사람들이 매해 맞는 봄의 빛은 어떤 시간이려나. 어떤 빛이어야 하나.

인간이 인간됨을 강제로 잃고, 주검조차 가족들에게 돌아가지 못한 채로 그렇게 시간을 흘려보낸 사람들에게 한강은 '소년'을 보냄으로써, '소년'을 '오게' 함으로써 어떤 위로를 건네려 한 것은 아니었을까. 아니면 소설 속 누구의 입을 빌려서라도 이 말을 꼭 하고자 한 것은 아닐까.

"죽지 마./ 죽지 말아요."

광주의 봄을 기록하는 일은 작가와 독자들의 영혼이 그들과 함께 산화하는 것과도 같은 고통을 동반한디. 그리고 끝내 죄상을 부인하는 가해자들을 보는 일이란, 어떤 면에서는 지옥을 보는 것과도 같아서 그들의 안녕을 확인하는 일은 다시 펼쳐지는 생지옥의 문 앞에 선 것과도 같다. 그러나 작가는 '죽지 말'라는, 그 누구도 다시는 그렇게 죽어서는 안 된다는 말을 끝내 적어 버리고야 만다.

그해 5월의 봄은 "죽지 마."라는 정언명령에서 얼마나 멀어졌는가. 지금 이 순간에도 '광주'를 살고 있는 사람들은 또 얼마나 처절하게 '사람답게, 평범하게, 아무 일 없는 것처럼' 살고 싶을 것인가. 그 일이 그들에게는 왜 그토록 어려운가.

그들이 희생자라고 생각했던 것은 내 오해였다. 그들은 희생자가 되기를 원하지 않았기 때문에 거기 남았다. (중략) 목이 길고 옷이 얇은 소년이 무덤 사이 눈 덮인 길을 걷고 있다. 소년이 앞서 나아가는 대로 나는 따라 걷는다. (중략) 나를 향해 눈으로 웃는다.

한강,『소년이 온다』중에서

그렇게 소년이 왔다. 눈이 부시게 푸르른 5월에, 웃으며 우리에게. 소년은 언제까지고 끝내 죽지 않은 얼굴일 것이다. 소설 속에서 그리고 가족들과 독자들의 뇌리에서. 이제 우리가 그에게 '네가 와 준 덕분에' 봄이 더 푸르러졌노라 일러 줄 차례다.

추신. 지금 이 순간에도 '광주'를 살고 있는 미얀마에 한시바삐 평화의 봄이 오기를 기원한다.

그리하여

한번쯤은 그곳에 들러 침묵과 님에 대해

떠올려볼 일이다

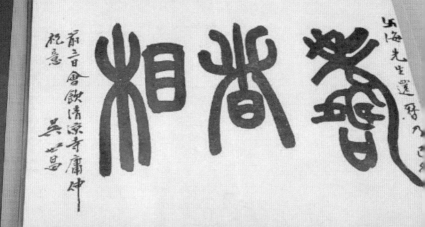

송수첩
頌壽帖
만해 한용운 즉흥 한시 외 12편

- 동대문 밖 청량사 회갑연에서 오세창,
  권동진, 인종권, 박광, 정도환, 김관호 등
  만해의 송수만년을 기원하며 송수첩에 쓴 시

님은 갔습니다. 아아, 사랑하는 나의 님은 갔습니다./ 푸른 산빛을 깨치고 단풍나무 숲을 향하여 난 작은 길을 걸어서,/ 차마 떨치고 갔습니다./ 황금의 꽃같이 굳고 빛나던 옛 맹서는 차디찬 티끌이 되어서,/ 한숨의 미풍으로 날아 갔습니다./ 날카로운 첫 키스의 추억은 나의 운명의 지침을 돌려 놓고,/ 뒷걸음 쳐서 사라졌습니다./ 나는 향기로운 님의 말소리에 귀먹고, 꽃다운 님의 얼굴 에 눈멀었습니다./ 사랑도 사람의 일이라, 만날 때에 미리 떠날 것을 염려하고 경계하지 아니한 것은 아니지만,/ 이별은 뜻밖의 일이 되고 놀란 가슴은 새로 운 슬픔에 터집니다./ 그러나 이별을 쓸데없는 눈물의 원천을 만들고 마는 것 은 스스로 사랑을 깨치는 것인 줄 아는 까닭에, 걷잡을 수 없는 슬픔의 힘을 옮 겨서 새 희망의 정수박이에 들어부었습니다./ 우리는 만날 때에 떠날 것을 염 려하는 것과 같이,/ 떠날 때에 다시 만날 것을 믿습니다./ 아아, 님은 갔지마는 나는 님을 보내지 아니하였습니다./ 제 곡조를 못 이기는 사랑의 노래는 님의

129

침묵을 휩싸고 돕니다.

한용운, 「님의 침묵」

만해 생가지 지척에 있는 결성면 교촌리의 '결성향교'(유사 이현조)에서는 만해문예학교가 한창이었다. 교장 이정록 시인이 때마침 한용운의 시 「님의 沈默」 깊이 읽기' 수업을 진행 중이었다.

"만해의 시는 안개처럼 두툼하고 아름답습니다. 움직임으로 본다면 안개보다는 는개죠. 읽는 이에 따라 깊이와 넓이가 달라져요. 깨달음의 높낮이와 미학적 감수성과 정신의 높이와 사랑의 갈증에 따라 한없이 요동칩니다."

안개와 는개의 차이에 대하여 한참을 이야기하는 중에 누군가 날카로운 질문을 던졌다. 다른 시를 보면 특히 '님'이 많이 나오는데 그 시마다 '님'이 상징하는 바가 다 다르냐는 논조의 질문이었다. 만해문예학교 교장답게 이정록 시인은 막힘없이 대답해 나갔다.

"1920년대 최남선의 '님'은 이 나라에 필요한 사람, 우리의 기림을 받을 사람을 지칭합니다. 개인적인 '임'이 아니라 사회적인 '임'이죠. 이광수의 '님'은 조국의 강토, 곧 산까지 확대됩니다. 김소월의 '임'은 이념의 '임'을 현실의 '임' 곁에 앉히고 조국의 상실을 '임'의 여읨으로, '오는 봄'을 '임'과의 재회의 날로 형상화하고 있습니다. 한용운의 '님'은 현실의 '임'과 이념의 '임'뿐만 아니라 지향의 '임'까지 같은 궤에 놓고 있습니다. '임'의 완성이죠. 한용운의 시는「님의 *沈默*」속 '님'처럼 중층적이고 복합적이에요. 게다가 아름다운 비유와 상징이 차고 넘치죠."

중층적이고 복합적이며 아름다운 비유와 상징이 차고 넘치는 시를 쓴 사람, 만해 한용운은 누구인가. 그리고 이들은 왜 이곳에 모여 '만해'의 시와 삶을 이야기하고 있는가.

시인은 1879년 충남 홍성군 결성면 성곡리에서 태어났다. 본관은 청주이며 자(字)는 정옥(貞玉), 속명은 유천(裕天), 법명(法名)은 용운(龍雲), 법호(法號)는 만해다. 어려서부터 한학을 공부했으며, 아버지에게 의인들의 기개와 사상을 전해 듣고 큰 깨달음을 얻었다.

동학농민운동과 홍주에서 전개된 의병운동을 목격하면서 더 이상 속세에 머물 수 없다는 생각에 출가를 결심한다. 둘째 아이를 낳은 아내의 미역을 사러 나간 길이었다. 1905년 백담사에서 수계를 받았으며, 1913년에는『조선 불교 유신론』을 발행하여 불교 개혁을 주장했다. 월간지《유심》을 발행했으며, 1919년 3·1운동 때 민족 대표 33인의 한 사람으로 경성 명월관 지점 태화관에서「독립선언서」의 '공약 3장'을 추가 보완했다.

「독립선언서」를 낭독한 후 일본 경찰에 체포되어 3년형을 언도받았다. 변호사와 사식, 보석을 거부하여 옥중 투쟁 3대 원칙을 실천했다.「조선 독립에 대한 감상」이라는 글에서 조선 독립의 정당성을 설파하기도 했다. 1921년 가출옥했다. 불교의 사회화를 위하여 《법보회》를 창간했으며, 조선불교청년회 총재에 추대되기도 했다. 1925년에는 독립의 희망과 민족 정신을 담은 시집 『님의 침묵』을 발행했다. 신간회의 발기인으로 참여하기도 했다. 조선불교청년회를 필두로 일제에 맞선 불교 대중화를 위해 노력했다.

다수의 논설과 시, 미발표된 장편소설 『죽음』을 집필했으며, 조선일보에 장편소설 『흑풍』을 연재하기도 했다. 1936년 조선일보가 폐간되면서 50회로 연재를 중단하는 일도 겪었다. 이후 수필과 시, 논설을 통해 조선 독립과 아울러 불교의 자정과 나아갈 길을 모색했으며, 성북동 '심우장'에서 불교 혁신 운동과 작품 활동으로 여생을 보냈다. 1944년 6월 29일 심우장에서 입적했다. 미아리 화장장에서 다비 후 망우리 공동묘지에 안장되었다. 속세 나이 예순여섯, 법랍(승계의 나이) 서른아홉이었다.

1962년 대한민국 건국공로훈장 대한민국장을 수여했고, 1985년 충남 홍성에 만해 동상이 건립되었다. 1992년 만해 한용운 생가가 복원되었고, 이후 생가 내 사당인 만해사가 준공되었다. 2007년에는 결성면 성곡리에 만해문학체험관을 개관했다.

2014년 만해문학체험관에서 '만해문예학교'를 개교하여 지금까지 그 명맥을 유지하고 있다. 이후 결성향교로 자리를 옮겨 인접성을 확보하고 더 많은 지역 주민에게 문예학교의

정문을 개방했다. 대다수의 문인이 문예학교 강사로 다녀갔으며, 교장 이정록 시인은 지역의 뜻있는 주민들에게 만해의 시와 삶, 자작시 쓰기 등을 강의하고 있다.

이정록 시인은 만해 한용운에 대한 경외의 표현으로 2016년 제2회 한용운문학캠프에서 〈만해아리랑〉(작곡 백창우, 노래 박애리)을 편사, 발표했다. 문예학교의 이름으로 만해 생가를 방문하는 어린이들을 위해 『만해 동시 그림책』과 『만해 동화 그림책』을 1,000권씩 발간하여 나눠 주기도 했다.

「님의 침묵」의 '님'에 관하여 한참을 설명하는 시인에게 다시 좌중의 누군가 손을 들었다. 지금 이 시대에 왜 하필 '만해'인가, 그리고 우리는 '만해의 시'를 어떻게 읽어야 하는가, 시인은 혹시 '만해'의 시에서 영향을 받았는가, 하는 긴 질문이었다.

이정록 시인은 직접적으로 대답하는 대신 만해의 삶을 되짚었다.

"만해는 평화와 자유와 생명 존중의 사상을 설파했으며 지조와 충절을 생의 지향점으로 삼았지요. 일제강점기에는 기개 높은 삶의 답을 보여 주었습니다. 삶으로는 답을 보여 주고, 시로는 삶의 질문법을 가르쳐 줍니다. 답을 살아내기는 어렵습니다. 하지만 질문을 잃지 않는 것은 어렵지 않습니다. 그래서 우리는 만해의 시를 읽어야 합니다. 어려운 시는 잠시 건너뛰고 맘에 드는 시 먼저 읽었으면 좋겠어요."

만해의 시는 연애의 감정에서 종교적 진리까지 포괄하는 중층적인 두께를 지녔으며, 겨레에 대한 깊은 사랑과 실천, 종교적 진리 탐구가 현실의 불의와 어떻게 싸워야 하는가, 하는 실천적 신념을 가지고 있다고도 했다. 사랑과 평화와 생명 존중의 드높임, 문학적 기교와 수사법까지 만해의 시는 1925년 대한민국 시단에 기적과도 같은 선물이었다며 그의 시와 삶을 에둘렀다. 만해의 시에 당연히 영향을 받았음은 두말할 것도 없다고도 말했다. 만해의 시를 읽고 자란, 그리하여 만해의 다음을 잇는 시인으로 평가되는 문예학교 교장의 답이었다.

만해문학체험관과 생가지를 둘러보면 '왜 만해인가'라는 질문에서 '그래서 만해였구나'로 생각이 바뀐다. 치열하고 엄중하게 역사 의식을 고취하고 민족의 선각자로 많은 이의 눈을 뜨게 했던 이의 삶이 아직도 우리에게 빛을 인도하는 중임을 깨닫기 때문이다.

생가지에서 얼마 떨어지지 않은 결성향교의 만해문예학교는 매달 문을 연다. 그 학교의 수업 맨 마지막에는 만해 문학 생가지를 둘러보는 프로그램도 진행된다. 시와 삶 그리고 지조와 충절이 하나였던 만해가 아직도 형형한 눈빛으로 시를 쓰고 있는 곳, 한용운 선생 생가지다.

그리하여 한 번쯤 들러 '침묵'과 '님'에 대해 떠올려 볼 일이다. 잠시 왔다 숨을 누이고 떠나가는 나룻배의 행인이 될지라도, 만해의 자장 안에 머물러 본 시간만으로도 그다음의 삶을 살아가는 데 지침이 될 수 있으니, 침묵 속에서도 큰 소리의 무엇을 떠올릴 수 있으니. 그것이 바로 문학의 힘, 충절과 기개의 현현 아닐까.

살다가 한 번은 꼭 들러야 할 만해문학체험관과 만해문예학교다.

안면도 천상병의 옛집

내 사람이 아름답다고 말하며 새를 타고 하늘로 가 버린

시인 천상병의 마지막 집이다

이 아름다운 사람의 마지막 소풍이라니
안면도 천상병 옛집

나 하늘로 돌아가리라/ 새벽빛 와 닿으면 스러지는/ 이슬 더불어 손에 손을 잡고// 나 하늘로 돌아가리라/ 노을빛 함께 단둘이서/ 기슭에서 놀다가 구름 손짓하면은// 나 하늘로 돌아가리라/ 아름다운 이 세상 소풍 끝내는 날/ 가서, 아름다웠더라고 말하리라

천상병, 「귀천」

본디 하늘의 사람이었으나 잠시 이곳에 왔다 간 이들이 있다. 시인 천상병도 그중 하나다. 아니 그 반대의 경우일까. 그렇다면 땅과 하늘 중 어느 곳이 '소풍'의 자리인가.

천상병은 1930년 1월 일본 효고현 히메지시에서 태어났다. 간사이에서 초등학교를 졸업하고 해방과 동시에 부모님과 함께 귀국했다. 경남 마산에서 중학교에 입학하고 그곳에서 국어 선생님으로 재직 중이던 김춘수 시인의 주선으로 시 「강물」이 문예지에 추천되어 등단한다. 1950년 한국전쟁 당시에는 미군 통역관으로 근무하기도 했다.

1951년 서울대학교 상과대학 경제학과에 입학했으나 4학년 때 중퇴한다. 부산시장의 공보실장으로 일하다 1967년 동백림사건에 연루되었다. 친구 강빈구에게 막걸리 값으로 빌려 쓴 돈 3만 6,500원을 중앙정보부에서 정치 공작금의 일부로 과장하여 그를 연루시킨 것이다.

모진 고문을 당하고 6개월간 옥고를 치른 다음 선고유예로 풀려났지만 4년 동안 행려병자로 살다가 영양실조로 쓰러진 뒤 1970년 서울시립정신병원에 수용된다. 지인들은 천상병의 소식을 알 길이 없자 그가 죽었다고 생각해 십시일반으로 돈을 모아 시집 『새』를 묶었다. 이 소식이 신문에 실려 널리 퍼지자 서울시립정신병원에서 천상병의 입원 소식을 알려왔다.

친구들이 부랴부랴 찾아갔을 때 그들의 손에는 매우 고급스러운 양장본으로 나온 '유고 시집' 『새』가 들려 있었으니 병실에서 피차 얼마나 기가 막혔겠는가. 천상병은 말없이 시집을 쓰다듬었다고 한다. 그리고 매우 건강한 목소리로 일갈한다.

"내 인세는 어찌 되었노?"

외롭게 살다/ 외롭게 죽을/ 내 영혼의 빈터에/ 새 날이 와, 새가 울고 꽃잎 필 때는/ 내가 죽는 날,/ 그다음 날,// 산다는 것과/ 아름다운 것과/ 사랑한다는 것과의 노래가/ 한창인 때에/ 나는 도랑과 나뭇가지에 앉은/ 한 마리 새// 정감에 그득 찬 계절/ 슬픔과 기쁨의 주일, 알고 모르고 잊고 하는 사이에/ 새여 너는/ 낡은 목청을 뽑아라// 살아서/ 좋은 일도 있었다고/ 나쁜 일도 있었다고/ 그렇게 우는 한 마리 새

천상병, 「새」

 버젓이 살아 있는데 뜬금없이 유고 시집이 생겼지만, 그는 그저 껄껄 웃었다고 한다. 이 시기에 그는 간병해 주던 친구 동생인 목순옥 씨와 결혼했다. 계속 가난하게 살아왔지만 아내가 찻집을 하여 얻은 수입으로 조금은 생활이 나아졌다고 한다. 그래도 고문의 후유증과 술에 의탁하는 습관 때문에 그의 건강은 날로 나빠질 수밖에 없었고, 1988년 간경변으로 춘천의료원에 입원하고 만다.

 천상병은 1993년 간질환으로 세상을 떠났다. 그가 세상을 떠났을 때 조의금으로 800만 원이 들어왔는데, 늘 곤궁하게 살아온 그들의 생활에서 가장 크게 만져 봤을 그 돈을 장모님이 잘 숨겨 둔다고 숨긴 곳이 바로 아궁이. 또 그의 아내가 불을 지핀 곳도 아궁이.

 타고 남은 것 중에서 그나마 건진 돈이 절반가량이었다고 한다. 장모님은 딸 목순옥의 장례까지 치르고도 더 살다가 다음 해인 2011년 4월 딸과 사위를 따라 소천했다. 천상병이

평상시 장모님의 장례비 걱정을 하며 지냈다는데, 그때 장모님 통장에 남은 돈이 꼭 장례비만큼이었다고 한다.

천상병의 아내 목순옥 여사가 운영한 인사동 카페 '귀천'은 2010년 목 여사가 죽은 뒤에도 그의 조카가 이어받아 2호점을 운영하고 있다. 지금은 파주출판도시에 귀천 3호점이 있다. 천상병의 시와 그의 자취를 그리워하는 이들이 꾸준히 찾는 장소이기도 하다. 목 여사의 모과차 담그는 솜씨가 일품이어서 그 맛과 천상병의 시를 함께 찾는 이들로 늘 문전성시였다.

시인은 생전에 의정부 수락산 자락에 터를 잡고 살았다. 열 평 남짓한 슬레이트 지붕의 전형적인 도시 빈민 가옥이었다고 한다. 그 집에서 장모님과 처제도 함께 살았다. 고문의 후유증 탓에 자식도 없고 크게 일군 재산도 없이 세상을 뜬 그가 남긴 거라곤 시집 몇 권이 전부였다. 그러니 그가 죽었을 때 그를 추모하기 위한 어떤 자취도 제대로 남겨지거나 기려진 것이 없었다.

국가와 의정부시에서 문화 행사나 인물을 제때 의미화하지 않던 시기이기도 했다. 그런데 충남 안면도에 사는 천상병 시인의 오랜 팬인 故 모종인 씨가 발 벗고 나섰다. 농사를 짓고 시를 쓰며 사는 그가 아무 인연도 없는 천상병 시인을 위하여 의정부까지 찾아가 그의 집에 있는 문틀과 냄비, 수

저 하나까지 가져와 고택을 고스란히 복원한 것이다. 유족의 허락을 받아 생전의 살림살이를 가져오고, 시인의 사진과 시 「귀천」의 액자를 걸어 두어 천상병과 그의 시를 오가는 이들이 느끼게끔 해 놓았다.

오가는 이들은 천상병의 생전 일들을 기억하며 천원, 이천원씩 그 문틈에 꽂아 두고 가기도 한다. 막걸리 값, 노잣돈, 하늘 어딘가에 열었을 포장마차의 개시 돈이라고도 한다.

"허허, 내가 죽으면 천국과 지옥의 갈림길에서 포장마차를 하고 있을 테니 오거든 값을 만큼의 공짜 술을 주겠네."

천상병의 유언

그리하여 천상병의 마지막 거처는 안면도가 되었다. 먼저 하늘로 돌아가는 길목에서 포장마차나 열고 공짜 술을 주겠다던 시인이 마지막으로 시와 펜을 남긴 곳이 아무 연고도 없는 안면도라니. 시인의 마지막 공간이 그가 그토록 가고자 했던 바다의 곁이라는 것만으로도 안면도가, 그의 뜻을 이어 준 모종인 씨가 고마워지는 순간이다.

남편의 사후에도 끊임없이 시인의 고택을 관리하며 무료로 관람객을 맞이하는 모종인 씨의 아내 역시 품이 넉넉한 사람이었다. 얼마든지 취재하라며, 단지 올여름 장맛비에 곰팡이 슨 벽지를 아직 일꾼을 못 구해서 새로 바르지 못한 게 면구하다며 애써 손사래 치는 모습을 카메라에 담지는 못했다.

그마저도 천상병 시의 일부분처럼 느껴지는 것은 바다와 시와 그 시를 사랑하는 독자가 옮겨 온 고택의 정겨움을 닮은 어떤 것이라 여겼다.

그렇게 이어 온 시인과 시의 마음이 있어 더욱 풍요로운 시인의 땅이 되는 것 아닌가 되짚어 본 안면도행이었다.

이 세상 소풍 끝나는 날 가서 아름다웠다고 말한다던 시인은 지금쯤 어느 포장마차의 천막을 걷고 있을까. 아니 언제든지 기분에 따라 장사를 접으며 (자기가 마셔서) 늘 비어 있는 자신의 잔에 술을 가득 따르고 있지 않을까. 상시 열려 있는 구름 냉장고에 가득 찬 막걸리 한 병을 꺼내서 낮밤 상관없이 찾아든 문우에게도 "자네 이제야 왔는가?" 하며 한 잔 권커니, 두 잔 더 받거니 하는 소리가 비 내릴 때마다 들린다. 해가 뜰 때마다 새어 나온다. 달빛에 취해 세상에 닿는다. 는개에도 스미고 안개에도 배어들며 잔 속으로 빨려 들어간다.

그 목소리가 참 맑았다는 사람, 눈웃음이 술잔에 채워진 술처럼 휘어진 사람, 안면도의 노을 진 수평선처럼 둥글게 둥글게 빙글빙글 돌아도 가며 어딘가로 소풍 떠난 그 사람, 내 사람이 아름답다고 말하며 새를 타고 하늘로 가 버린 시인 천상병의 마지막 집이다.

흙에서 자란 내 마음을 들여다보며 향수에 젖은 시인이 살던 곳, 충북 옥천이다

유리창 같은 호수에 뜬 정종이라니
옥천 정지용문학관

얼굴 하나야/ 손바닥 둘로/ 폭 가리지만,

보고 싶은 마음/ 호수만 하니/ 눈 감을 밖에.

정지용, 「호수 1」

날마다 역에서 기차에 사람과 그들의 이야기를 싣는 시인이 있다. 비유가 아니라 실제로 그는 고향 옥천과 대전, 신탄진을 비롯하여 경부선 라인 그 어디쯤을 오가며 일한다. 옥천에서 먼저 살다 간 선배 정지용의 시를 사랑하여 첫 시집의 권두시에 정지용의 동시 「딸레」를 오마주한 시인 송진권의 이야기다.

그에게 '옥천'과 '정지용'에 대하여 물었더니, 정말로 직업정신이 투철한 대답이 돌아왔다. 기차로 경부선을 타고 내려

가다 보면 유달리 산세가 뾰족하고 험난한 곳이 나오는데 이곳 옥천을 중심으로 경부선 라인을 따라 이원, 지탄, 삼계, 영동, 황간, 추풍령에서 나물을 뜯은 어미들이 대전 가서 팔아 돈을 삼은 고장이라는 말이었다. 철로에서 내려와 차를 타고 읍내를 벗어나면 어디나 금강의 물줄기를 만날 수 있다는 지리적 설명도 덧붙였다.

정지용 시인에 대해서는 할 말이 무척 많아 어떤 말부터 해야 할지 모르겠다는 부연과 함께 그의 시집 권두시「딸레」이야기를 들려주었다. 우리의 말들 사이로 언뜻 해설피 금빛 게으른 울음을 운다는 황소와 검은 귀밑머리를 날리는 어린 누이가 성근 별빛 사이로 다가오는 느낌이다.

산나물 잔뜩 짊어진 고향의 어미들을 싣는 기차의 마음을 그렇게 이야기하는 사람이 사는 곳, 아니 그보다 더 먼저 '흙에서 자란 내 마음'을 들여다보며 향수에 젖은 시인이 살던 고장, 충북 옥천이다.

넓은 벌 동쪽 끝으로/ 옛이야기 지줄대는 실개천이 휘돌아나가고/ 얼룩백이 황소가/ 해설피 금빛 게으른 울음을 우는 곳// 그곳이 차마 꿈엔들 잊힐 리야 (중략) 흙에서 자란 내 마음/ 파아란 하늘빛이 그리워/ 함부로 쏜 화살을 찾으러/ 풀섶 이슬에 함추름 휘적시던 곳// 그곳이 차마 꿈엔들 잊힐 리야.

정지용,「향수」중에서

정지용은 1902년 6월 20일 충북 옥천에서 태어났다. 옥천공립보통학교를 거쳐 열일곱 살인 1918년 휘문고등보통학교에 입학했다. 정지용은 매우 우수한 학업 성적과 빼어난 시 창작으로 주변 학생들에게 선망의 대상이었다고 한다. 이때 홍사용, 박종화, 김영랑, 이태준과 학교 선후배로 교류했다.

휘문고보를 졸업한 정지용은 일본 도시샤대학 영문과에 진학한다. 휘문고보에서 장학금을 지원해 준 덕분이었다. 학업을 마치고 돌아와 휘문고보 교사로 재직하며 그 인연을 이어 간다. 정지용이 고향을 떠난 시기는 일제의 억압으로 농촌 붕괴가 시작된 때와 맞물린다. 1918년 일제의 토지 조사 사업이 완료되면서 농민들은 농토를 빼앗기고 고향에서 쫓겨났다. 경부선은 조선 착취의 혈맥이 되었으며, 농민들은 농촌을 떠나 도시 빈민으로 스미거나 연해주로 가 버렸다. 고향을 잃은 설움은 곧 나라를 잃은 설움으로 병치되어 시인 정지용의 가슴에 맺혔을 터.

3·1운동이 일어난 1919년에는 이른바 휘문사태의 주동자가 되어 무기정학을 받았으나 곧 다시 등교했다. 이해 첫 번째이자 유일한 소설인 「삼인」을 《서광》지에 발표한다. 고향 옥천을 배경으로 소설을 쓴 것이다. 그 이후에 쓴 시 「향수」는 정지용의 지극한 고향 사랑을 보여 준다.

정지용은 구인회를 창립했고 일제의 탄압에 저항하는 의미로 모더니즘 시를 썼다. 1941년에는 시집 『백록담』을 출간했다.

『백록담』은 후에 청록파 시인들(조지훈, 박목월, 박두진)

에게 영향을 주었다고 알려졌는데, 실제로 정지용이 그들을 문단에 데뷔시킨 장본인이다. 정지용은 문예지 심사를 통해 윤동주와 이상을 발굴하기도 했다. 매우 활발하게 시작 활동을 하는 중에 일제와 미국이 전쟁을 시작한 1942년 절필 선언을 하기에 이른다.

1945년 8·15 광복 후 이화여자전문학교(현 이화여자대학교) 교수로 재직했다. 이때 워낙에 '정종'을 좋아하기도 했거니와 정지용이라는 이름을 빠르게 발음하면 '정종'이 되어 학생들 사이에서 그의 별명이 '정종'이었다고 한다. 조선문학가동맹의 아동문학분과 위원장이 되었으나 본의가 아닌 터라 활동은 하지 않았다. 좌우의 대립이 더욱 극렬해진 1950년 이후에는 월북을 선택한 동료 문인들과 달리 전향을 선택하여 보도연맹에 가입하기도 했다.

한국전쟁이 일어나자 정지용은 정치보위부로 끌려간다. 이후 서대문형무소에 수용되었다가 평양감옥으로 이감되었다. 납북인가, 월북인가 하는 행로의 문제와 그의 사인을 두고 여러 설이 분분하지만 '납북되는 중 부근에서 폭격에 휘말려 사망했다'는 것이 가장 유력하다. 다만 2000년 북한에 사는 셋째 아들과 남한에 사는 첫째 아들의 상봉으로 북한에서 통용되는 정지용의 사인이 밝혀졌다. 북으로 가는 중에 폭격으로 사망했다는 것이다. 북한의 조선대백과사전에 의하면 정지용은 9월 25일에 죽었다고 한다. 그러나 남한에서는 따로 확인된 바 없다.

남한에 있는 가족들의 정지용 복권 활동으로 1988년 해금 조치된 이후 '지용회'가 세워졌고, 고향 충북 옥천에 정지용 문학관이 개관했다. 그 이전까지는 친북 인사로 규정되는 바람에 교과서에 시가 실리지 못했으며, 시인의 이름이 정*용 혹은 새카맣게 지워지거나 무명씨로 각인된 채 '비밀스럽게' 읽혔다.

   매우 탁월한 시어를 구사하여 고향과 조국 그리고 모더니즘을 한데 아울렀다는 평을 받는 정지용의 시는 독특한 줄글식 산문시의 형태를 띠기도 한다. 시인 개인 감정의 토로가 아닌 대상 혹은 배경 묘사에 탁월했다는 평을 받는다. 영문학을 전공한 시인답게 이미지를 중시했으며 모더니즘 계열의 시를 썼다. 그리하여 정지용은 전통 순수시와 모더니즘 시를 병합하여 "한국 현대시의 성숙에 결정적인 기틀을 마련"(문학평론가 최동호)했다고 평가받는다.

   (중략) 방울을 흔들면/ 딸레는 노래하고 춤을 추고/ 딸레는 눈이 먼 채 밥을 짓고/ 딸레는 눈이 먼 채 빨래를 하고/ 그래그래 착하지/ 딸레는 얼굴도 곱고/ 딸레는 마음도 이쁘고/ 딸레는 이제 집에도 못 가고 어떡하나 어떡하나/ 그래서 둘이는 아들 낳고 딸 낳고 행복하게 살았더래/ 하는 이야기의 끝처럼 살았으면 싶었지만/ 아무 날 아무 때 어딘가로 나갔다 돌아오니/ 딸레도 없고 아이들도 없고 (후략)

송진권, 「딸레」 중에서

정지용의 동시 「딸레」에 송진권 시인이 살을 붙이고 구전과 판소리의 음률에 맞춰 재해석한 시 「딸레」다. 송진권 시인의 말에 따르면 정지용의 많은 시편이 모더니즘 계열의 시여서 고향에 대한 것들은 초기 시 몇 편에 불과하다. 하지만 정지용의 동시에는 어린 시절 고향에서 자란 정서가 듬뿍 담겨 있다고 한다. 당시의 입말과 풍습, 고향을 떠나온 사람들의 그리움 같은 것들이.

어쩌면 옥천은 정지용을 비롯한 수많은 사람의 그리움이 금강처럼 흐르는 곳이 아닐까. 단순히 경부선의 철로에 놓인 수많은 역 가운데 하나가 아닌 누군가의 사무친 고향인 거다. '향수'의 시이자 노래의 한 구절이 자연스레 떠오르는 것은 비단 나만의 일일까.

선로 위의 시인 송진권에게 정지용의 시들을 배경으로 한 옥천의 시(詩) 지도를 그려 주십사 부탁해 보았다. 그는 「향수」는 옥천의 어지간한 식당마다 액자와 벽화 등에 쓰여 있고 정지용의 시비 또한 옥천역과 공원 등지에 놓여 있으니 그것들을 찾아보는 것도 하나의 재미가 될 거라고 권했다. 또한 옥천과 그 주변은 생각보다 많은 것을 함유하고 있으니 하나하나 찾아보는 간이역 투어도 좋으리라는 말을 덧붙였다. 인터뷰를 마친 그가 며칠 후에 보내온 옥천의 시(詩) 지도를 소개한다. 역시나 가을 여행은 옥천과 금강 곁의 정지용문학관이다.

송진권 시인이 추천하는 옥천의 시와 간이역을 따라가는 여행

옥천역(지용 시비 「할아버지」, 오래된 플라타너스) → 이원역(구미, 구장 터의 묘목 시장들) → 지탄역(금강변의 작은 역. 제 고향이기도 한 곳) → 심천 역(근대문화유산, 1980년대풍 시가지) → 각계역(창고 같은 건물 한 채가 전 부. 주민들이 희사하여 만든 역), 영동역, 황간역, 추풍령역

백석의 통영, 성북동 길상사

사랑을 찾아 여기까지 왔지만

단박에 거절당한 사람의 마음이 되어

통영 곳곳을 다녀 보았다

156

비 오는 밤의 김 냄새 나는 사랑이라니
백석의 통영, 성북동 길상사

가난한 내가/ 아름다운 나타샤를 사랑해서/ 오늘 밤은 푹푹 눈이 나린다// 나타샤를 사랑은 하고/ 눈은 푹푹 날리고/ 나는 혼자 쓸쓸히 앉아 소주를 마신다/ 소주를 마시며 생각한다/ 나타샤와 나는/ 눈이 푹푹 쌓이는 밤 흰 당나귀 타고/ 산골로 가자 출출이 우는 깊은 산골로 가 마가리에 살자/(중략)/ 눈은 푹푹 나리고/ 아름다운 나타샤는 나를 사랑하고/ 어데서 흰 당나귀도 오늘 밤이 좋아서 응앙응앙 울을 것이다

백석, 「나와 나타샤와 흰 당나귀」

해마다 겨울이 오면, 아니 눈이 내릴 때마다 머릿속에 떠오르는 시가 있다. '눈이 폭폭 쌓이는 밤'에 흰 당나귀 타고 깊은 산골로 가고 싶다던 사람과 그의 나타샤. 백석의 시 「나

159

와 나타샤와 흰 당나귀」다. 물론 나는 이 시를 언어 영역(요즘은 국어 영역!)의 한 구절로 처음 접했다. 월북한 시인의, 해금된 지 얼마 되지 않은 작품을 수능 문제로 풀어야 했던 시절의 이야기다.

사랑은 하고, 라니. 눈이 푹푹 나리거나 날리거나 사랑은 했다니. 어조사 '은'을 입체적으로 이해하기까지는 시간이 좀 걸렸다.

바람맛도 짭짤한 물맛도 짭짤한// 전복에 해삼에 도미 가재미의 생선이 좋고/ 파래에 아개미에 호루기의 젓갈이 좋고/(중략)/ 란(蘭)이라는 이는 명정골에 산다든데/ 명정골은 산을 넘어 동백나무 푸르른 감로 같은 물이 솟는 명정샘이 있는 마을인데/ 샘터엔 오구작작 물을 깃는 처녀며 새악시들 가운데 내가 좋아하는 그이가 있을 것만 같고/(중략)/ 넷 장수 모신 낡은 사당의 돌층계에 주저앉아서 나는 이 저녁 울 듯 울 듯 한산도 바다에 뱃사공이 되어 가며/ 녕 낮은 집 담 낮은 집 마당만 높은 집에서 열나흘 달을 업고 손방아만 찧는 내 사람을 생각한다

백석, 「통영 2」 중에서

백석이 사랑하는 여인 '란'을 만나기 위해 자주 찾았다는 통영에서도 마찬가지였다. 그날은 하늘보다 더 짙푸른 바다를 볼 수 있는 날이었다. '천희' 혹은 '란'을 기다렸다는 충렬사 앞은 절기는 겨울이지만 아직 가을을 품은 노란 은행잎이 빗줄기처럼 흩뿌려지는 중이었다. 이쯤에서 백석이 앉아 있던 걸까, 저 우물가에 정말로 란이 다녀갔을까 하며 통영 곳곳을 거닐었다. 사랑을 찾아 여기까지 왔지만 단박에 거절당한 사람의 마음이 되어 통영 곳곳을 다녀 보았다. 그런 이가 맞는 비라니. 백석의 표현대로라면 '김 냄새 나는 비'일 수밖에 없지 않았을까.

1912년 7월 1일 평안북도 정주군에서 태어난 백석은 오산소학교를 졸업하고 오산고등보통학교에 진학한다. 교사가 되고 싶었지만 가난한 집안 사정 탓에 보통학교 졸업 후에는 바로 대학에 진학하지 못했다. 1929년 조선일보 후원 장학생 선발 시험에 붙어서 일본 아오야마학원 전문부 영어사범학과에 입학할 수 있었다. 이듬해인 1930년 조선일보 신춘문예에 단편소설 「그 모(母)의 아들」이 당선된다.

언어를 배우는 능력이 비상하여 1학년 때는 영어를, 2학년 때는 프랑스어를 3학년 때는 러시아어를 공부했다고 한다. 영어사범이 전공이지만 독일어를 더 좋아해서 정식으로 독일어 수업도 들었다. 이 덕분에 해방 이후 북에서 수많은 번역서를 남긴 것이 아닐까.

유학을 마치고 돌아와서는 조선일보에 입사하여 교정부에서 일한다. 동시에 《여성》의 편집을 도맡기도 했다. 이즈음에 소설 대신 시를 쓰기 시작한다. 「정주성(定州城)」을 시작으로 수많은 시를 쏟아 내기 시작했으며 신문사의 출판부로 자리를 옮겨 잡지 《조광》 창간에 참여해 대성공을 거둔다. 잡지 편집자로도 인정받기 시작한 것이다.

1936년 백석은 첫 시집『사슴』을 자비로 출판한다. 당시 『사슴』이 2원이었는데, 다른 시집보다 두 배가량 비싼 가격이었다. 선광인쇄주식회사에서 100부 한정판으로 찍어 대부분 증정용으로 나눠 주었다고 한다. 이런 이유로『사슴』을 구하지 못한 수많은 이가 필사하여 가지고 다녔다는 일화가 전해진다. 시인 윤동주도 연세대학교 도서관에 있는『사슴』을 옮겨 적어 다닐 정도로 좋아했다고.

해방 후 백석은 고향 평안북도 정주로 돌아가서 분단될 때까지 계속 머무른다. 남으로 가자는 동료들의 제안도 마다하고 스승 조만식 곁에 남아 시를 쓰고 러시아어 번역과 함께 아동 문학을 연구했다. 1950년대 초까지도 북한 문단에서 권위를 인정받으며 작품 활동을 이어 갔다. 정치에는 관심이 없어 외부 활동을 하지 않은 채 칩거하며 엄청난 양의 러시아 소설을 번역했다고 한다.

1958년 백석은 '사상과 함께 문학 요소도 중요시하자'고 주장한 이른바 '붉은 편지 사건'으로 김일성 정권의 문예 정책에 어긋난다는 이유를 들어 자아 비판을 강요당한다. 이후 양강도 삼수군의 협동 농장 축산반으로 쫓겨나 아예 북한 문단에서 볼 수 없게 된다. 백석은 삼수군의 양치기와 농사꾼으로 살기 시작했지만 평양에서 유명한 시인이 왔다는 소문이 퍼져 그곳 아이들에게 문학을 가르치며 살았다고도 한다. 1996년 감기에 걸려 고생하다 갑자기 사망했다고 아내가 증언하여 백석의 사망이 밝혀진다.

사랑하는 여인을 찾아 통영까지 왔지만 매몰차게 문전박대당한 뒤에 백석은 세 번의 결혼을 한다. 그리고 남쪽에는 그를 평생 그리워한 여인 자야(김영한)가 있었다. 김영한의 호 '자야'는 이백의 시 「자야오가」에서 가져온 것이다. 함흥관 기생인 그는 백석의 애인으로 지내며 동거하기도 했다. 그러면서 부모님의 강요로 결혼한 것이다. 자야는 김숙이라는 필명으로 《삼천리》에 수필을 발표하기도 한다. 백석과의 관계를 정리하기 위하여 중국 상하이로 떠나지만 그를 향한 마음을 지우지 못하고 한 달 만에 경성으로 돌아온다.

만주의 산징으로 같이 떠나자는 백석의 청을 거절한 것이 그와의 마지막이었다고 회상한 자야. 그 뒤로 대원각이라는 큰 요정을 운영하다 말년에 법정스님에게 요정 전체를 시주했다. 당시 돈으로 천억이 넘는 거액이어서 스님은 몇 번이고 고사하지만, 결국 대원각을 길상사로 개조하고 김영한에게 '길상화'라는 법명을 지어 주었다. "천억이란 돈도 그 사람의 시 한 줄만 못하다."라는 김영한의 말은 너무도 유명한 이야기.

몸은 자신과 있지만 다른 여인과 세 번이나 결혼한 사람, 북으로 가서 연락조차 없는 사람을 평생 기다리며 그의 시를 가슴에 품고 사는 삶은 어떠했을지 짐작조차 할 수 없지만, 그들의 사랑 이야기는 아직도 길상사 안에 오롯하다.

최근 소설집 『통영』을 낸 반수연 작가는 통영 사람이다. 그에게 백석과 통영을 물었다. 해금된 이후에 읽은 백석의 시 편 중에서 통영 연작시를 특히 인상 깊게 읽었다고 했다. 반 작가의 친정어머님께서 아파트 맞은편에 백 살을 넘긴 '란' 의 올케언니가 사셨다는 말도 전해 주었다. 반 작가에게 통영 그리고 백석의 자취를 돌아보는 '통영 기행'에 대해 물었더니 단번에 '세병관' 먼저 둘러봐야 한다고 강조했다.

　　통영은 통제영의 줄임말이며, 충청 전라 경상을 아우르는 한강 이남 최고의 관청 기관이 바로 세병관이다. 300년 동안 이순신 장군을 비롯해 삼도수군통제사 190명이 거쳐 갔다고 한다. 그들이 오가는 동안 삼도의 문화가 얼마나 많이 오갔겠 는가 하는 것은 이미 너무도 유명한 사실. 문화대박람회가 이 루어진 장소가 세병관이고, 또 옛 건축 양식을 고스란히 지닌 곳이니 통영 여행은 그곳에서 시작해야 한다고 반 작가는 주 장한다. 세병관에서 충렬사, 백석의 시를 새겨 넣은 명정우물 을 거쳐 서호시장을 돌며 예전의 문화와 현재가 만나는 것들 을 즐겨 보라는 말을 전해 왔다. 그것이 '통영'이라고도 했다.

　　통영과 서울의 길상사는 백석과 그의 사랑들로 매우 유명 해졌지만, 단순히 그것으로만 이야기하기에는 거기에 서린 시간과 마음 그리고 발길이 너무 많고 깊다. 백석의 시를 따 라 통영을 걷고 길상사에 서린 사랑의 마음을 읽는 일. 이루 지 못한 사랑들이 아직도 꿈틀대는 그곳들을 새롭게 걸어 보는 일부터 겨울은 시작될 것이다.

나와 나타샤가 사랑은 하고 흰 당나귀를 타고 산골로 들어가는 그 밤에는 김 냄새 나는 비와 눈이 번갈아 가며 내릴 테니까. 그때 어디선가 응앙응앙 우는 당나귀의 흰 울음소리가 들릴지 어찌 알겠는가. 그것들을 찾고 보러 통영과 서울의 길상사로 떠나는 겨울이다. 끝내 마음과 손끝에서 빠져나가지 않고 머문 사랑과 함께.

다정한 마음을 담아 상대방의 이름을 부르는 일은

생각보다 어렵다

내 이름에 새긴 너의 다정이라니

통영 김춘수유품전시관

내가 그의 이름을 불러주기 전에는/ 그는 다만/ 하나의 몸짓에 지나지 않았다// 내가 그의 이름을 불러주었을 때,/ 그는 나에게로 와서/ 꽃이 되었다// 내가 그의 이름을 불러준 것처럼/ 나의 이 빛깔과 향기에 알맞는/ 누가 나의 이름을 불러다오// 그에게로 가서 나도/ 그의 꽃이 되고 싶다// 우리들은 모두/ 무엇이 되고 싶다/ 너는 나에게 나는 너에게/ 잊혀지지 않는 하나의 눈짓이 되고 싶다.

김춘수, 「꽃」

다정한 마음을 담아 상대방의 이름을 부르는 일은 생각보다 어렵다. 살아가는 일이 폭폭해서, 과거의 어떤 시간들 때문에 '다정'은 이따금 '다 정리된' 어떤 것을 뜻하기도 한다. 그러나 그 마음을 되살려 누군가의 복과 건강을 기원하는 일,

그보다 더 애틋한 마음을 얹어 '너의 이름'을 부른다면 많은 것을 정리한 세밑을 막 지나온 새해의 시작에 가장 어울리는 단어일지도 모른다.

김춘수 시인의 「꽃」이야말로 그 '다정'한 것에 가장 어울리는 시가 아닐까. 여러 겹의 다정 앞에서 기꺼이 너의 이름을 부르는 새해라니. 사람에게 가장 어울리는 사랑의 말이다. 우리에게 이런 의미의 시를 주고 떠나간 사람, 꼭 그 시간과 그 자리에서 '너의 이름'을 불러야만 했던 사람, 바로 시인 김춘수다.

김춘수는 1922년 11월 25일 경남 통영군 통영면(현 동호동)에서 태어났다. 만석꾼 집안의 장남으로 매우 풍족하게 살았다고 한다. 경기고등학교를 졸업하자마자 일본으로 건너가 니혼대학 예술학부에서 수학했다. 그러나 1943년 천황과 조선총독부를 비판했다는 이유로 퇴학을 당한다. 귀국한 1946년부터 1951년까지 통영중학교와 마산고등학교에서 교사로 일했다.

시인은 1946년 광복 1주년 기념 시화집 『날개』에 시 「애가」를 발표하고, 1948년에 첫 시집 『구름과 장미』를 출간했다. 그 후 「모나리자에게」「꽃」「꽃을 위한 서시」 등을 매우 활발하게 발표했다. 『늪』『부다페스트에서의 소녀의 죽음』『타령조 기타』『처용』『남편』『비에 젖은 달』 등 40여 권의 시집과 7권의 평론집이 있다.

그의 초창기 시는 실존주의 시인 릴케의 영향을 많이 받았다고 전해진다. 1950년대 전후 많은 시인이 참혹한 시대 현실을 직시한 시들을 발표한 것과 다르게 존재에 대한 인식론 등을 중심으로 시를 썼다. 자신의 시가 관념에 사로잡혀 점점 난해해지는 것을 지양하기 위해 사물에서 존재 관념을 제거하고 사물을 있는 그대로 보여 주는 '무의미 시'를 썼으며, '언어 해체의 시'까지 변화 발전시킨다.

"김춘수에 대해 글을 쓰고자 하는 평자는 먼저 그의 엄청난 필력에 압도당하고, 또 아무리 짧은 촌평이라도 함부로 다룰 수 없다는 사실에 당혹스러워한다."라는 고려대학교 이창민 교수의 말처럼 그의 시 세계는 섣부른 해석을 한사코 경계한다는 평을 받는다.

1964년부터 1978년까지 경북대학교 국문과 교수로 재직했고, 1979년부터 1981년까지는 영남대학교 국문과에 적을 두었다. 1981년 정계에 진출하기도 했다. 그때 신군부에 대한 시를 써서 세간의 비판을 받았다. 그 시절에 쓴 신군부 찬양 시는 훗날 시인이 '자의에 의한 것이 아니었다'고 밝혔는데, 그때 그의 행적에 관해서는 여러 해석이 있을 것이다. 1959년 아시아자유문학상을 비롯하여 경남문학상, 예술원상, 대한민국 문학상과 문화훈장을 받았다.

김춘수는 아내와 사별한 뒤 딸의 집과 지척인 분당의 아파트에 홀로 기거했다. 어느 날 무척 좋아하는 갈치찌개를 먹다가 생선 가시가 목에 걸렸다. 기도폐쇄증으로 중환자실에서 투병하는 중에 영면했다. 그가 시의 스승이자 롤모델로 삼은 라이너 마리아 릴케가 장미 가시에 찔려 죽었는데, 시인 역시 생선 가시에 찔려 죽음에 이른 것이다. 시로써 시대를 호령하고 수많은 제자를 길러 내 한국 문학계에 큰 족적을 남긴 시인의 말로치고는 조금 서글픈 이야기다.

> 나는 시방 위험한 짐승이다/ 나의 손이 닿으면 너는/ 미지의 까마득한 어둠이 된다// 존재의 흔들리는 가지 끝에서/ 너는 이름도 없이 피었다 진다/ 눈시울에 젖어드는 이 무명의 어둠에/ 추억의 한 접시 불을 밝히고/ 나는 한밤내 운다// 나의 울음은 차츰 아닌 밤 돌개바람이 되어/ 탑을 흔들다가/ 돌에까지 스미면 금이 될 것이다// ……얼굴을 가리운 나의 신부여
>
> 김춘수, 「꽃을 위한 서시」

1945년 김춘수는 충무(통영의 옛 지명)에서 유치환, 윤이상, 심상옥 등과 통영문화협회를 만들어 예술운동을 전개했다. 충무, 아니 통영은 어떤 곳인가. 200여 명에 가까운 삼도수군통제사가 모여든 곳, 그리하여 삼도(충청, 전라, 경상)의 문화가 뒤섞이고, 그 수많은 사람과 삼도의 배들이 지나는 길목을 관장하던 장소 아닌가.

삼도수군통제사가 있던 세병관은 아직도 그 흔적이 고스란히 남아 있다. 또한 지리적으로는 한려수도의 중심 아닌가. 그곳에서 일어난 문화 융성 운동이야말로 통영 문화의 꽃이 아니었을까. 음악, 시, 미술 등으로 통영만의 '꽃'을 피워 낸

사람들의 중심에 시인 김춘수가 있었다.

김춘수에게 통영이란 단순히 고향을 넘어서는 삶과 시의 총체였던 것이다. 2008년에 개관한 김춘수유품전시관은 시인의 육필 원고와 사진, 생전에 사용한 가구, 옷과 구두, 문구류와 서인 등을 보관하고 있다. 김춘수문학관이 세워지기 전에 유족들의 동의를 얻어 유품을 전시해 둔 장소다. 특이하게도 시인이 기거한 거실과 침실을 고스란히 옮겨 놓았다.

토영이야기길 2코스로 통영을 찾는 사람이라면 한 번쯤 발걸음할 수 있는 곳에 들어섰다. 전시관 벽면에는 시인의 대표 시인 「꽃」의 한 구절이 걸렸다. 강구안이 한눈에 보이는 곳에 있으며, 한려수도의 빼어난 경관이 한눈에 들어오는 곳이기도 하다. 그 멋진 곳에서 시인은 삶에 지친 사람들에게, 사랑을 잃고 외로운 사람들에게 매우 다정한 음성으로 '너의 이름'을 불러 주는 사람으로 남아 있는 것이다.

2022년은 호랑이의 해다. 꽃과 호랑이는 설핏 들으면 어쩐지 어울리지 않게도 느껴지지만 그 어떤 호랑이에게도 '꽃의 시절'은 분명히 있을 것이며, 우리는 누구나 인생의 한 시절은 '꽃'처럼 살아가는 때가 있다. 그 시기는 사람마다 다 다르지만 어느 인생이건 그 시절은 꼭 있고, 기필코 있어야만 한다. 따뜻하게 이름을 불러 주는 상대가 있을 때 비로소 내가 나다워지는 그 시간 말이다.

이 글을 읽는 당신에게도 호랑이 기운이 샘솟기를 바란다는 말로 한 해의 복을 기원드린다. 우리에게 다정이란 너 혹은 나의 '이름' 그 자체니까. 존재만으로도 이 세상이 고마워지는 순간이 있다. 부르는 순간 바로 뒤돌아볼 당신의 '이름'이 그러하다.

전주 최명희문학관

한옥마을의 최명희길이 끝나가는 즈음에 생가터가 있다

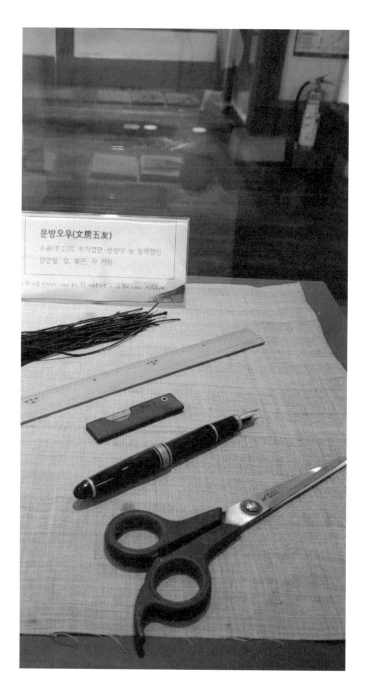

바람이 온 쪽으로 간 혼의 불꽃이라니

전주 최명희문학관

무겁게 감은 청암부인의 왼쪽 눈귀에 찐득한 눈물이 배어났다. 그것은 댓
진 같은 진액이었다. 차마 흘러내리지도 못한 채 눈언저리에 엉기어 있기만 하
는 그 눈물은, 무슨 응어리 같기도 하였다. 그날 밤, 인월댁은 종가의 지붕 위로
훌렁 떠오르는 푸른 불덩어리를 보았다. 안채 쪽에서 솟아오른 그 불덩어리는
보름달만큼 크고 투명하였다. 그러나 달보다 더 투명하고 시리어 섬뜩하도록
푸른빛이 가슴을 철렁하게 했다. 청암부인의 혼불이었다. 어두운 밤 우뚝한 용
마루 근처에서 그 혼불은 잠시 멈칫하더니 이윽고 혀를 차듯 한 번 출렁하고는,
검푸른 대밭을 넘어 너훌너훌 들판 쪽으로 날아갔다.

최명희, 『혼불』 중에서

전주 한옥마을 안에 있는 최명희길을 걷다 중앙초등학교
옆 작은 골목으로 빨려 들어가 홀리듯 앞으로 향하면 부채문

178

화관이 나온다. 더 적확하게 표현하자면 '최명희문학관'이 나타난다. 예스러운 기와집이야 한옥마을 전체가 다 그러하니 크게 특별한 것은 아니지만, 이상하게도 그 문 앞에서는 옷매무새를 단정히 매만지게 된다. 문학관의 대문은 언제나 열려 있는데 아마도 그 자리가 옆집에서 부쳐 온 부채의 바람이 드나드는 바람목이지 싶다.

바람을 따라 찾아온 누군가의 혼백, 아니 도깨비불마저도 그냥 지나칠 수 없는 길목이어서인지 그곳은 늘 생과 사가 공존하고, 먼저 간 사람의 마음까지도 매만져 볼 수 있는 자리다. 부채의 바람결에 실려 있는 최명희의 문장들 덕분이다.

남원의 혼불문학관이 아닌 전주 한옥마을의 최명희문학관을 찾은 것은 바로 그 '바람'과 '푸른 불' 때문이었다. 문학관이 표방한 '작가가 다시 살러 온 집'은 그리하여 누구라도 계속 머물 것만 같고, 떠난 이가 돌아와 여장을 풀며 몸과 마음을 바람에 말리는 장소다. 인간이 듣지 못하는 신의 음성, 차마 못다 한 말들이 부채가 일으킨 공명을 타고 일어나는 시간이 되면 자연스레 눈 밝은 이들이 찾아드는 것이다.

'혼불'이라는 말은 국어사전에 없다. 그러나 실제로 혼불을 보았다는 사람은 많다. 그것은 우리 몸 안에 있는 불덩어리로서 모양은 둥글고 크기는 종발만 한데, 빛살 없는 푸른색이며, 사람이 제 수명을 다하고 죽을 때, 미리 그 몸에서 빠져나간다고 한다. (중략) 이것이 미신이냐 실화냐 묻는 것은 아무런 의미가 없다. 어떤 사람의 몸에 혼불이 있으면 산 것이고, 없으면 죽은 것이다. 그러니

까 '혼불'은 목숨의 불, 정신의 불, 삶의 불이라고 할 수 있겠다. 그것은 또 사람
을 사람답게 하는 힘의 불이기도 하다. 즉 혼불은 존재의 핵이 되는 불꽃인 것
이다.

최명희, 「나는 왜 『혼불』을 쓰는가」 중에서

　소설가 최명희는 1947년 전북 전주시 화원동에서 태어났
다. 풍남초등학교와 전주사범 병설 중학교, 기전여자고등학
교를 거쳐 전북대학교 국어국문학과를 졸업했다. 1972년부
터 1981년까지 전주 기전여자고등학교와 서울 보성여자중학
교, 보성여자고등학교에서 국어 교사로 재직했다. 1980년 중
앙일보 신춘문예에 「쓰러지는 빛」이 당선되어 작품 활동을
시작했다. 1981년 동아일보 창간 60주년 기념 장편소설 공모
전에서 『혼불』 제1부가 당선되었다. 교직을 그만두고 『혼불』
창작에만 매진하기 시작했다. 1988년부터 1995년까지 월간
신동아에 『혼불』 제2부부터 5부까지 연재했다. 이는 국내 월
간지 사상 최장기 연재(만 7년 2개월)다. 1990년에 『혼불』 제
1부와 2부를 발간했으며 1996년 『혼불』 제1부부터 5부까지
총 10권(한길사)을 발간했다. 200자 원고지 1만 2,000장 분
량이다.

*　웬일인지 나는 원고를 쓸 때면, 손가락으로 바위를 뚫어 글씨를 새기는 것*
만 같은 생각이 든다. 그것은 얼마나 어리석고도 간절한 일이랴. 날렵한 끌이나
기능 좋은 쇠붙이를 가지지 못한 나는, 그저 온 마음을 사무치게 갈아서 손끝에

모으고, 생애를 기울여 한 마디, 한 마디 파 나가는 것이다.

『혼불』 작가 후기 중에서

  최명희의 주요 작품을 들자면 『메별』 『만종』 『정옥이』 『주소』 그리고 『혼불』이 있다. 『혼불』은 10권으로 구성된 방대한 분량이지만, 미완성 작품이다. 지인들의 증언에 따르면 죽기 직전까지 『혼불』 제5부를 구상했다고 한다. 작가가 되어 생이 끝날 때까지 『혼불』을 구상하고 집필에 몰두한 최명희는 1998년 난소암으로 쉰하나에 사망했다. 『혼불』 제5부 완간 4개월을 앞두고 암이 발병했지만 주변에 알리지 않았다고 한다. 오로지 집필에만 몰두하다 1996년 12월에 『혼불』의 마지막 부분을 썼다. 그가 죽었으니 제5부가 마지막일 뿐 그가 살아 있었다면 『혼불』은 아직도 끝나지 않은 여정을 계속하고 있을지도 모른다.

  책이 출간되자 일부에서는 '완간'이라고 표현하지만 작가는 "이 작품은 아직 완간이 아니다. 작품의 시대 배경은 해방 공간 이후 6·25, 4·19, 5·16 등 가까운 현대사까지 이어져 한국사의 격동기를 그리게 될 것"이라 말했다. 우리의 풍속을 잃지 않으면서도 격변하는 사회상과 민중들의 삶을 잘 그려 냈다는 평에 대하여 작가는 생전에 어떻게 생각했을까.

  "이 글은 제가 쓴 것이 아닌 것만 같습니다. 아득한 개국의 시원에 웅녀 할머니부터 대대로 내려온 이 땅 조상들의 말 없는 한숨, 괴로움, 아픔, 그들이 나서 살고 보고 느낀 모든 것이 저절로 와서 한 자씩 수놓아진 것 같은 느낌입니다. 이 소설은 이미 저 자신의 것이 아니고, 그것은 거대한 강물로 저를 붙잡고 있어서 작중의 인물들이 토해 내는 많은 이야기를 주워 담는 것만이 제 역할이었어요."(《필》 1997년 1월호)라고 소회를 밝혔다. 만 17년을 한 작품에 쏟은 열정, 혹시 그 때문에 그가 일찍 혼불이 되어 날아갔을까.

선생은 "아름다운 세상, 잘 살고 간다."라는 말을 유언으로 남겼다고 한다. 장례는 전주시 사회장으로 5일 동안 치렀다. 전주시청 앞에서 영결식이 열렸고, 고인의 생가와 모교인 기전여고를 거친 시가지 운구 행렬에 이어 전북대학교에서 노제를 지냈다. 그가 남긴 노트에는 앞으로 써야 할 글감이 130여 개나 남아 있었다고 한다. 그는 저쪽에서도 끊임없이 쓰고 있을까.

『혼불』을 일컬어 '한국 혼을 일깨우는 이 땅 문학사의 영원한 기념비'라고들 한다. 소설 속에서 역사와 사람들의 삶을 잘 버무리며 생의 질곡과 역사의 너울을 한없이 순정하고도 곡진한 우리말로 잘 풀어냈다는 평가를 받는다. 한국인의 생활사, 풍속사, 의례와 속신들을 유장하게 풀어낸 소설의 문장들은 '고급 한국어'의 백미라 일컬어진다.

또한 『혼불』은 호남지방의 관혼상제, 노래, 음식, 세시풍속 등을 생생하게 표현하여 '우리 풍속의 보고, 모국어의 보고'라는 평가를 받는다. 문학평론가 유종호는 "일제강점기의 외래 문화를 거부하는 토착적인 서민 생활 풍속사를 정확하고 아름답게 형상화한 작품"이라고 했다. 여기서 주목할 것은 '아름답게'가 아닐까. 최명희는 그 유장하고 지리멸렬한 한국사와 생활사 그리고 사람살이를 어떻게든 '아름답게' 표현해 내려고 평생을 바친 작가다.

단재상과 세종문화상, 전북예향대상과 여성동아대상, 호암상 예술 부문을 수상했으며 2000년에는 옥관 문화훈장을 받았다. 1997년 독자들이 '최명희와 혼불을 사랑하는 사람들' 모임을 만든 것을 시작으로 2000년에는 혼불기념사업회가 발족했고, 2001년부터 혼불문학제를 개최했다. 『혼불』의 배경 지역인 남원시는 2004년 10월 사매면 서도리 노봉마을에 '혼불문학관'을 개관했다. 전주시는 작가가 어린 시절을 보낸 완산구 풍남동에 '최명희문학관'을 세웠다.

최명희문학관은 2006년 4월 전주 한옥마을에 터를 잡았다. 작가 최명희의 녹록지 않은 삶과 그 흔적을 고스란히 담아낸 곳이다. 친필 원고, 지인들에게 보낸 편지와 엽서, 생전 인터뷰와 문학 강연을 담은 동영상과 여러 작품에서 추려 낸 글을 새긴 각종 패널이 전시되어 있다. 1층에는 전시관인 '독락재'가 있고 지하는 문학 강연장과 기획 전시장인 '비시동락지실'로 꾸몄다.

한옥마을의 최명희길이 끝나 가는 즈음에 생가터가 있다. 고향의 생가터에 관하여 최명희는 생전에 이런 말을 남겼다.

"제가 태어난 곳은 전라북도 전주시 화원동이라는 동네입니다. (중략) 이상하게 전라북도 전주시 화원동 몇 번지라고 했을 때, 그 어린 마음에도 '화원동'이라는 이름이 그렇게 제 맘에 좋아서, 굉장히, 제가 뭔지 아름다운 동네에 사는 느낌이 들고, 그 '화원'이라는 음률이, 그 음색이 주는 울림이 제 마음에 화사한 꽃밭 하나를 지니고 사는 것 같은 느낌을 주곤 했어요."

마음에 꽃밭 하나, 활활 타오르는 문장의 불 하나를 지니고 살았던 사람. 그리하여 그 불꽃과 화원을 함께 하늘로 태워 보낸 사람. 우리 곁에는 언제나 '푸른 불꽃'으로 남은 사람의 마지막 거처, 최명희문학관이 있다.

부채의 바람을 탄 문장들이 이끄는 자리로 오늘의 당신을 초대한다. 바람이 푸른 불꽃을 당신의 거처까지 이끌어 가 준다면, 그대여 그 뒤를 따라오시라.

엄마 품에서는 그래도 된다

「아리울 통신, 이

들은 가슴 아프

동네 이야기인데,

비슷한 시기에 이

惠京)을 위해 있었

다 아라산에 오르

그는 나보다 훨씬

든 병과 투병중이

하고 보소가 잘

핀가는 정상에 오

단원으로　묶은　글
제목　그대로　우리
는　그　글을　나하고
온　화가　손혜경(孫
　그와　나는　아침마
데　좋은　길동무였다
럼은　나이였지만　힘
서　나　같은　늙은이
았다.　우리　둘다　언
기를　꿈꿨을　뿐　정

朴　婉　緒

엄마의 자리라니

구리 인창도서관 박완서 자료실

그 이름을 떠올리는 것만으로도 스산했던 마음이 가라앉는 사람이 있다. 선생께서 동의하실지는 모르겠지만 작가와 선생님이라는 호칭에 앞서 '엄마'가 놓이는 것은 그의 너른 품과 손맛 그리고 그가 쓴 문장의 힘에 모두가 기대어 산 덕분 아닐까. 선생에게 천둥벌거숭이 같은 이들과 무자비한 세상을 향해 날카로운 문장으로 다잡아 주는 큰엄마 같은 느낌을 갖는 것은 비단 나만의 일이 아닐 거다. 소설을 누군가의 슬하에 놓아둬야 한다면 최소한 한국 문학의 자리에서 그 주인은 '박완서'다. 나는 입때껏 그리 믿고 읽고 써 왔다. 이 또한 나만의 일일까.

소설가 박완서는 1931년 경기도 개풍군 청교면 박적골에서 1남1녀 중 둘째로 태어났다. 세 살 무렵 아버지를 여의었지만 조부모님의 사랑을 듬뿍 받고 자랐다. 선생은 훗날『그 많던 싱아는 누가 다 먹었을까』에서 할아버지 할머니와의 추억을 회상했다. 할아버지가 손녀와 집안사람들의 창씨개명을 허락하지 않은 까닭에 '박완서'라는 이름을 지킬 수 있었다고 한다.

딸을 사대문 안의 좋은 학교에 보내고자 하는 어머니의 교육열 덕분에 개성에서 경성으로 이사했다. 숙명고등여학교에 입학했지만 일본의 소개령 때문에 다시 개성으로 가서 호수돈고등여학교를 다녔다. 개성에서 해방을 맞았고, 서울로 돌아와 고등학교를 졸업한다. 1950년 6월 서울대학교 국어국문학과에 입학했으나 한 달도 채 되지 않아 한국전쟁이 발발한다.

스무 살의 박완서는 전쟁 중에 숙부와 오빠, 올케를 잃는다. 어린 조카와 어머니를 책임져야 했기에 학업에 복귀하는 대신 미8군의 PX 초상화부에서 일을 시작한다. 그곳에서 미군들의 초상화를 그려 주는 박수근 화백을 만나는데, 이는 훗날 등단작『나목』의 주요 모티프가 된다. 선생은 그곳에서 일하는 게 별로 자랑스럽지 않았지만 졸지에 가장이 된 처지라 생계를 잇기 위해 어쩔 수 없었다고 한다. 후에 서울의 동화백화점으로 자리를 옮겨 일하다 그곳에서 만난 측량기사와 결혼한다.

1남4녀를 키우며 '엄마'와 '아내'로 살다가 1968년에 열린 박수근 유작전을 보고 그와 함께 일하던 때의 이야기를 쓴 수필을 소설로 개작하여 신동아 장편소설에 응모한다. 첫 소설 집필작으로 당선이 된 선생은 그때의 소감을 이렇게 밝혔다.

　　(중략) 자꾸 쓰다가 빛나가면서 내가 상상한 걸 보탤 적이 있어요. 그럴 때는 즐겁게 써져요. 원고지에다가 쓸 때니까 하루 대여섯 장만 써야지 했는데, 20장도 써지는 날이 있어. 보면 내가 막 보태는 거야. 그다음 날 계속해서 쓰려고 어제 거 읽어 보면, 이건 아닌 거예요. 진짜만 추리고 나면 뼈대만 남고. 말보다는 거짓말을 보태니까 잘 써진다 싶어요. 거짓말을 시키는 게 내 소질이라는 걸 느꼈어요. 그때는 생각도 못 했지만, 쪼끔 어려운 말로 하면 상상력이죠. 사실에다 상상력을 보태야 사실의 뼈대만 갖고 쓰는 건 난 도저히 재미가 없구나.

박완서, 「못 가본 길이 더 아름답다」 중에서

　　나이 마흔의 늦깎이 등단이었다. 그 이후의 엄청난 창작열은 작가의 등단 나이 따위는 중요하지 않다는 것을 몸소 보여 준 셈이다. 선생은 끝까지 현역 작가로 살다 가겠다는 뜻을 품었고, 마침내 이루어 냈다. 그의 작품에 대하여 문학평론가 서영채는 이렇게 말했다.

　　늦깎이들에겐 몇 가지 공통점이 보여요. 일단 냉정하고 현실적이에요. 문인이기 때문에 삐딱함이나 낭만이 없을 수 없지만, 세상과 삶을 보는 방식에는

낭만기가 없어요. 냉정하죠. 냉소적이기도 하고요. 젊지 않은 나이의 힘이라고
해야 할까. 양상은 다르지만, 늦깎이가 지니는 맹렬함 같은 것도 보여요.

서영채, 「왜 읽는가」 중에서

　그야말로 맹렬하게 써 내려갔다. 왕성하다는 말로는 부족
하다고 해야 옳을 것이다. 어쩌면 서영채의 말대로 '냉정하고
현실적'이기 때문에 작가로서의 시간을 엄마의 시간에서 떼
어 낸 것이 아닐까 미루어 짐작해 본다.

　등단 이후에도 작가와 엄마의 역할을 매우 충실히 해 나
간 터라 집안은 평화로웠고 작가로서의 치열함은 매해 출간
되는 작품집으로 충분히 설명되었다. 그러나 1988년 5월 암
투병을 하던 남편이 세상을 떠난 지 얼마 되지 않아 서울대학
교 의대를 졸업하고 마취과 레지던트로 근무하는 아들을 교
통사고로 잃는다.

　연이어 가족을 잃은 선생은 심한 충격을 이기지 못해 부
산의 분도수녀원에 칩거하기도 했다. 도저히 회복될 것 같지
않은 아픔 속에서도 선생은 다시 글을 써 내려갔다. 그 당시
의 심정을 수필집 『한 말씀만 하소서』에 토로했다.

*　걔는 또 앞으로 할 일이 많은 젊은 의사였습니다. 그 아이를 데려가시다니*
요. 하느님 당신도 실수를 하는군요. 그럼 하느님도 아니지요. (중략) 행복했을
때는 아침이 좋았는데 요샌 정반대다. 내 앞에 펼쳐진 긴긴 하루를 살아낼 생각
이 지겹도록 아득하게 느껴진다. 시시때때로 탈진하도록 실컷 울면 그동안이

라도 시간을 주름잡을 수가 있는데 그것도 용납 안 되는 하루 동안이란 얼마나
가혹한 형벌인가.

박완서, 『한 말씀만 하소서』 중에서

분도수녀원을 나와서 미국의 딸네 집으로 간 선생은 이내
서울로 돌아와 중단했던 글쓰기를 다시 시작한다. 전과 다름
없이 꾸준히 작품을 생산해 냈고 이상문학상, 대한민국문학
상, 현대문학상, 동인문학상, 대산문학상, 황순원문학상 등을
수상했다. 타계 후에는 보관문화훈장에 추서되었다. 우스갯
소리로 '박완서 선생이 타지 못한 문학상은 젊은 작가상밖에
없다.'는 말을 할 수도 있을 만큼 현존하는 문학상을 거의 다
수상했다. 수상하지 못한 젊은 작가상은 '심사'를 하다 돌아
가셨으니 어느 정도 연관은 있는 셈 아닌가.

선생은 암 투병은 아랑곳하지 않고 끊임없이 젊은 후배들
의 작품을 읽었다. 새로운 영화를 보는 것도 즐겼고 간간이
후배들을 만나 와인을 마시며 담소를 나누는 것도 매우 중요
하게 여기는 시간이었다고. 등 뒤에 서 있는 이들에 대한 촉
을 놓지 않으려는 어른의 배려를 받은 작가들은 그 시간이 더
할 나위 없이 그립다고들 한다.

해마다 쏟아 낸 작품의 종수와 그의 빼어남은 육신의 나
이를 뛰어넘는 것이었다. 선생께서 세상을 뜨셨을 적에 오죽
하면 "우리는 원로 작가 한 분을 떠나보낸 게 아니라 당대의
가장 젊은 작가 하나를 잃었다."(문학평론가 신형철)라고 했

을까. 게다가 소설을 읽고 쓰는 사람치고 박완서 선생의 글을 곁에 두지 않은 이가 있을까. 다작이면서도 빼어난 작품을 스스럼없이 써내는 선생을 귀감으로 삼은 후배 작가가 이루 헤아릴 수 없을 정도로 많았다. 한 사람으로서도, 소설가로서도 모든 것을 알고 읽는 듯하던 선생은 자신의 삶에 대해 이렇게 돌아보았다.

돌이켜보면 내가 살아낸 세상은 연륜으로도, 머리로도, 사랑으로도 상식으로도 이해 못 할 것 천지였다.

박완서, 「못 가본 길이 더 아름답다」 중에서

다른 이도 아닌 '박완서'의 말이기에 더 수긍이 가고, 또 그의 수백 편의 소설 덕분에 이해되지 않는 대목이기도 하다. 병석에서 후배들의 병문안을 극구 사양하고, 타계하기 전에는 가난한 후배 문인들에게 절대로 부의금을 받지 말라는 말을 남긴 시대의 어른. 미처 다 읽지 못한 '젊은 작가상 심사 원고'가 선생의 곁에 놓여 있었다는 병실의 풍경은 너무도 많이 되뇐 탓인지 보지 않았는데도 마치 본 것 같다.

한국 문단에 박완서라는 존재가 있다는 사실이 수많은 여성 작가들에게 얼마나 든든한 희망이었는지 선생님은 아실까요. (중략) 선생님만큼 오랫동안 쓰고 싶다는 바람을 가슴에 품은 후배 작가들이 저 말고도 참 많습니다.

소설가 정이현의 편지 중에서

너른 품으로 감싸 안아 주던 후배가 많았다고 한다. 어른, 아니 엄마의 자리에 있는 선생의 부음을 들었을 문단과 독자들의 상실감은 아직도 너무나 크다.

선생이 기거하던 구리시 아치울마을의 노란 집에는 아직도 그의 가족들이 살고 있다. 당신 사후에 그 집이 문학관이나 문학마을이 되는 것을 반대했다고 전해진다. 박완서의 이름이나 유물의 전시가 아닌 오로지 작품으로만 기억되고 싶다는 작가의 유지보다 작가 박완서를 기리고 싶은 후대의 갈망이 더 컸던 모양이다. 구리시에서 문학관 건립을 승인하고 착수 절차에 돌입했지만 여러 가지 이유로 무산되었다. 대신 구리시립도서관 중 하나인 인창도서관에 박완서자료실이 열렸다.

박완서자료실에 들어서자마자 눈에 띈 것은 서울대학교 명예 문학박사 학위를 받는 선생의 모습이었다. 전쟁 통에 그만둔 학교에서 훗날 문학박사 학위 수여식을 열기까지 선생이 살아낸 삶의 면면들이 한눈에 펼쳐진 공간이기도 했다. 소설부터 수필, 동화에 이르기까지 엄혹할 정도로 치열하게 써낸 흔적들이 모여 있는 곳이다. 자료실 곳곳에 놓인 선생의 사진을 둘러보는 것만으로도 그저 마음이 놓이는 장소였다. 다시 한번 선생의 소설을 펼쳐 보고 싶어지는 매혹적인 공간이랄까.

한 작가의 자료를 모아 둔 곳이 꼭 그가 살던 터가 아니어도 될 것이다. 그를 기억하는 것만으로도 우리는 이미 마음 한 자리에 작가의 이름과 작품을 새겨 놓은 공간을 마련해 둔 것이니. 게다가 그 작가가 박완서라면 살아가는 내내 마음이 무너지고 다리가 꺾일 때마다 자신의 속내를 들여다볼 수 있는 든든한 의자 하나 마련한 것과도 같겠다.

우리에게는 박완서가 있었다. 손맛 좋아 밥을 두 공기씩 먹게 만들고, 이야기를 잘 들려줘서 밤마다 채근하듯이 그의 곁으로 모이게끔 하는. 그리고 이제 우리에게는 박완서의 소설이 남았다. 종종 선생께서 돌아가셨다고 느껴지지 않는 것도 어쩌면 그가 쓴 소설의 힘이 아닐까.

소설이라는 집의 첫 번째 주인 같은 박완서다. 이것이 오늘 우리가 그가 지은 소설 속에서 상처받고 해진 마음을 내려놔도 되는 가장 큰 이유다. 엄마 품에서는 그래도 된다.

그리운 대상이 있다는 것은 삶에 우물 하나를 두는 일이다

노스탤지어를 향해 달려간 청마라니
통영 청마문학관

이것은 소리없는 아우성/ 저 푸른 해원(海原)을 향하여 흔드는/ 영원한 노스탤지어의 손수건/ 순정은 물결같이 바람에 나부끼고/ 오로지 맑고 곧은 이념의 푯대 끝에/ 애수(哀愁)는 백로처럼 날개를 펴다// 아아 누구던가/ 이렇게 슬프고도 애달픈 마음을/ 맨 처음 공중에 달 줄 안 그는

유치환, 「깃발」

그리운 대상이 있다는 것은 삶에 우물 하나를 두는 일이다. 시원(始原) 혹은 해원(海原)의 장소이자 대상은 오롯이 누군가가 그것을 그리워할 적에 나타나는 신기루 같은 것이기도 하니까.

청마 유치환의 시다. 대부분의 사람들이 국어 영역(예전의 언어 영역) 시험지나 교과서에서 만난 그 '노스탤지어 시'.

시간이 지나 다시 그의 시를 읽으니 예전에는 보지 못한 마음의 우물 하나가 눈을 뜬다. 그네가 공중에 짚어 준 그 이정표대로 따라가다 보니 나의 시원과 고향이 한꺼번에 뒤섞인 우물의 문이 열린 것이다. 그런 까닭일까. 그 우물은 땅에 없다. 공중에 떠 있다. 그 무엇도 아닌 '노스탤지어'인 까닭이다.

유치환은 1908년 7월 경남 거제군에서 태어나 두 살 때부터 충무(지금의 통영)에서 자랐다. 통영공립보통학교(통영초등학교) 4학년을 마치고 일본 도요야마중학교로 유학 갔으며 1926년 귀국하여 동래고등보통학교에 편입하고 연희전문학교에 진학한다. 그리고 정지용의 시에서 감동받아 시를 쓰기 시작했다.

1931년 《문예 월간》에 첫 시 「정적」을 발표하며 등단했고, 스물아홉 살이 된 1937년 통영으로 돌아온다. 통영 협성상업학교에서 교사로 근무하며 계속 시를 썼고, 동인지 《생리(生理)》를 창간한다. 1939년 첫 시집 『청마시초』를 출간했다.

1940년 만주로 이주했다가 해방 후에 귀국한다. 충무와 부산, 경주 등에서 국어 교사로 근무하고 안의중학교 교장이 되었다. 그 후 경주고등학교, 경주여자고등학교, 경남여자고등학교, 대구여자고등학교, 부산남여자상업고등학교 교장을 지냈다.

1946년 조선청년문학가 회장이 되었으며, 1957년에는 한국시인협회 초대 회장을 맡았다. 한국전쟁 중에도 끊임없이 시를 쓰고 시집을 출간했다. 「깃발」과 「생명의 서」 「행복」 등이 이때 쓰였다. 대한민국예술원 회원이 되었고, 제1회 시인상과 서울시 문화상, 예술원 공로상과 부산시 문화상 등을 수상했다. 서정주와 함께 생명파 시인으로 불린다.

1967년 2월 13일 부산시 동구 좌천동에서 버스에 치여 부산대학병원으로 이송되는 중에 사망했다. 2월 17일 부산시 사하구 하단동 승학산에 묻혔다가 경남 양산시 백운공원 묘지로 이장되었다. 지금은 경남 거제시 방하리 산록에 잠들어 있다. 거제에서 태어나 통영과 일본에서 공부하며 시를 쓰고 후학 양성에 힘을 쏟다가 사후에 다시 거제로 돌아온 셈이다.

그토록 그리던 노스탤지어에 도착한 것일까.

사랑하는 것은/ 사랑을 받느니보다 행복하나니라/ 오늘도 나는/ 에메랄드 빛 하늘이 환히 내다뵈는/ 우체국 창문 앞에 와서 너에게 편지를 쓴다// 행길을 향한 문으로 숱한 사람들이/ 제각기 한 가지씩 생각에 족한 얼굴로 와선/ 총총히 우표를 사고 전보지를 받고/ 먼 고향으로 또는 그리운 사람께로/ 슬프고 즐겁고 다정한 사연들을 보내나니// 세상의 고달픈 바람결에 시달리고 나부끼어/ 더욱더 의지 삼고 피어 흥클어진 인정의 꽃밭에서/ 너와 나의 애틋한 연분도/ 한 망울 연련한 진홍빛 양귀비꽃인지도 모른다// 사랑하는 것은/ 사랑을 받느니보다 행복하나니라/ 오늘도 나는 너에게 편지를 쓰나니// 그리운 이여 그러면 안녕!/ 설령 이것이 이 세상 마지막 인사가 될지라도/ 사랑하였으므로 나는 진정 행복하였네라

유치환, 「행복」

청마에게는 서른 후반부터 시작된 사랑이 있었다. 물론 그는 이미 혼인하여 일가를 꾸린 상태였다. 청마는 통영 협성상업학교 교사로 근무하며 일제의 검속 대상에 오르자 만주의 형네 집으로 피신했다. 해방 이후 통영으로 돌아와 부인은 유치원을 운영하고 청마는 통영여중 국어교사로 부임했다. 그곳에서 가사과 교사를 만나는데, 그가 시인 이영도다. 이영도는 폐결핵으로 남편을 잃고 딸 하나를 키우며 살아가고 있었다.

시조시인 이호우의 여동생인 이영도 역시 시조로 등단하여 주목받는 시인이었다. 청마는 1947년부터 거의 하루도 빠짐없이 이영도에게 연서를 보내기 시작한다. 시와 산문을 써서 우편으로 부치기 시작한 지 20여 년. 주변에서도 그 관계를 알았지만 두 사람은 서로의 일상을 침범하지 않는 선에서 편지를 주고받았다. 교통사고로 죽기 전까지 수천 통의 편지를 보낸 청마.

현실에서 불가능한 사랑의 마음을 편지로 대신한 20여 년의 시간에도 그들의 자리는 변하지 않았다. 어떤 마음이면 한 사람을 향해 강산이 두 번이나 바뀌도록 편지만 써 대는가. 훗날 이영도는 『사랑했으므로 행복하였네라』라는 책으로 청마의 편지 200편을 남겨 두었다. 단숨에 베스트셀러가 된 책의 인세는 사회에 기부했다고 한다.

오늘은 바람이 불고/ 나의 마음은 울고 있다/ 일찌기 너와 거닐고 바라보

*던 그 하늘 아래 거리언마는/ 아무리 찾으려도 없는 얼굴이여/ 바람 센 오늘은
더욱 너 그리워/ 진종일 헛되이 나의 마음은/ 공중의 깃발처럼 울고만 있나니/
오오 너는 어디메 꽃같이 숨었느뇨*

유치환,「그리움」

청마를 회고할 때 빠짐없이 끼어드는 논쟁이 있다. 바로 친일 논쟁이다.『친일인명사전』에 오르진 않았지만 일각에서는 "수록되지 않았다고 해서 면죄부가 주어진 것은 아니"라는 의견을 피력한다. 청마의 시「수(首)」와「전야(前夜)」때문이다. 1942년 2월《만선일보》에 발표한〈대동아전쟁과 문필가의 각오〉라는 글 역시 친일 행각으로 보고 있다.

한때 유치환이 수천 통의 편지를 붙인 통영 중앙우체국을 '청마우체국'으로 개명하려는 움직임이 일자 그에 따른 논란이 야기되기도 했다. 중앙우체국 앞에「행복」시비까지 세워졌지만 친일 행적이 밝혀지면서 유보되었다.

문학적인 업적과 시인의 삶을 어느 선에서 어느 만큼까지 떼어 놓고 봐야 하는가, 생각하게 되는 일화다. 그에 대한 해석의 여지는 앞으로도 분분할 테지만 우리가 익히 알아 온 시인이 어떤 삶을 살았는가에 대한 판단은 오롯이 그의 시와 삶을 읽는 후대의 몫이 될 것이다. 공중에 뜬 그네를 바라보는 방향이 한쪽만 있는 게 아니듯이, 그것을 해석할 수 있는 여지가 그만큼 늘어나는 것을 말함이다. 그 해석과 영탄, 지탄의 몫마저도 시인의 이름이다.

청마문학관은 2000년 2월 통영 망일봉 기슭에 들어섰다. 문학관은 청마의 생애, 청마의 작품 세계, 청마의 발자취 편으로 구성하고 유품 100여 점과 문헌 자료 350여 점을 전시해 놓았다. 문학관에서 바로 올려다보이는 지척에 생가도 복원했다. 생가는 원래 통영시 태평동에 있었으나 생가지의 복원이 어려워진 까닭에 문학관 위쪽 바다가 내려다보이는 곳으로 이전하여 복원했다. 생가와 아래채로 나뉘는데, 4칸짜리 본채의 맨 오른쪽이 안방이고 왼쪽이 부엌이며 가운데 방 두 개는 약방이다. 청마의 아버지가 태평동에서 약방을 운영한 까닭이다. 방문 위에 '유약국'이라는 간판이 붙어 있다.

청마의 생애와 후대의 해석은 극명하게, 또 다르게는 이렇듯 여여하게 흐른다.

남쪽의 봄에는 에메랄드빛 해안을 거니는 노스탤지어와 사랑이 있다. 그것만으로도 행복했던 사람의 자리가 거기에 있어야 하는 까닭이다.

광주 임철우 소설 『봄날』

그날 친구와의 만남은 불발되었다

그 눈부신 봄에 대한 기록이라니
광주 임철우 소설 『봄날』

불현듯 그날 밤 광장에서의 횃불 시위의 광경이 눈앞에 떠올랐다. 연시빛 불빛에 따스하게 젖어 흔들리던 그 이름 모를 수많은 얼굴들. 어둠이 깔린 거리를 따라 흐르던 그 평화롭고 아름다운 행렬. 수천수만의 목소리를 한데 모아 부르던 노래…… 이내 짙은 잿빛의 수면 위로, 누군가의 얼굴들이 물방울처럼 하나둘 돋아나기 시작했다. 윤상현, 무석형, 칠수, 순임이, 민태, 민호…… 친구들, 선배들 그리고 이름 모를 수많은 사람들의 얼굴, 얼굴들. *(중략)* 저만치 맞은편 섬의 둥근 산등성이 너머로 해가 천천히 떠오르고 있었다. 눈부시게 밝은, 늦은 봄날의 아침이었다.

임철우, 『봄날 5』 중에서

1998년은 소설가 임철우가 등단한 지 17년, 5·18 광주민주화항쟁(이하 광주항쟁)이 일어난 지는 18년이 되는 때였고, 소설『봄날』이 다섯 권을 끝으로 완간된 해였다.

임철우는 꼬박 10년 동안 『봄날』을 집필했다. 작가는 어느 인터뷰에서 "소설의 형식을 빌리긴 했지만 소설이 아니라 일종의 기록으로 읽어도 무방할 것"이라는 소회를 밝혔다. 한국 문학사 최초로 광주항쟁을 정면으로 다룬 이 기념비적인 작품을 소설이 아닌 기록으로 읽으라니. 이는 어떤 층위로 해석해야 하는가.

하느님, 제가 그날을 소설로 쓰겠습니다. 목숨을 바치라면 기꺼이 바치겠습니다. 저를 도와주십시오.

임철우,「낙서, 길에 대하여」중에서

이것은 소설의 대사가 아니다. 생의 모든 것을 다 바쳐 한사코 그것만 써내고자 한 사람의 혈성이며, 광주항쟁을 온몸으로 겪고 살아남은 자가 내지른 속울음의 다른 말이다. 기록자로서 기꺼이 신의 몸주가 되기를 자청한 이의 운명적 토설이자 여전히 귓가에 울리는 총성 한가운데서도 끝내 펜을 놓지 않고 기록한 자가 토해 내는 숨비소리다.

이건 아무래도 내 작품이 아닌 것 같다. 쓰는 내내 보이지 않는 어떤 것들에게 구속당해 있었다. 자유도 없었다. 십 년 동안, 자신이 파괴되는 느낌이었다. 어쩌면 나는 그저 대리인에 지나지 않았는지도 모르겠다. 그 열흘 동안, 억울하게 죽음을 당한 수많은 사람들…… 남들한테는 소설이지만 나에게는 아

209

직도 현실이다, 수없이 더듬고 주물러야 하는 현실……

조경란,「십 년 동안의 고독」중에서

소설『봄날』다섯 권은 에필로그까지 포함하여 모두 87장으로 이루어져 있다. 앞에서 밝힌 대로 이 소설은 오롯이 광주항쟁만 그려 낸다. 그 전까지 광주항쟁을 다룬 작품이 없는 것은 아니다. 광주항쟁에 관한 한 최대치로 우회하거나 비유를 통째로 쏟아 부어야 했고 지명을 작품 속에 직접 노출하는 일도 극히 조심스러웠다. 1998년은, 아니 그가『봄날』을 쓰기 시작한 1980년대는 예술 작품마저도 철저한 검열의 대상이었기 때문이다. 그 전에야 더 말해 무엇 하랴. 철저히 비유와 상징으로 은폐된 광주를 임철우가 세상 속에 꺼내 놓았다. 임철우는 처음 호명한 자의 위치에서 광주를 소설이자 하나의 기록으로 남기기 위해 온 생을 걸었고, 그의 시도는 끝내 성공적이었다.

소설은 광주항쟁이 발발하기 이틀 전인 1980년 5월 16일 새벽 산수동 오거리부터 마지막 날인 5월 27일 아침 전남도청 앞까지를 그린 이야기다. 87개 단락으로 이루어진 이 소설은 앞에서 작가가 밝힌 대로 이야기를 넘어선 기록이자 피로 쓴 항거 일지라 봐도 무방하다.

끝내 아무도 달려와주지 않았던 그 봄날 열흘/ 저 잊혀진 도시를 위하여

이 기록을 바친다.

임철우,『*봄날1*』중에서

소설가 임철우는 1954년 전남 완도군 금일읍 평일도에서 태어나 전남대학교와 서강대학교 대학원 영어영문학과를 졸업했다. 전남대학교 대학원에서 박사 학위를 받았으며 1981년 서울신문 신춘문예에『개도둑』이 당선되어 작품 활동을 시작했다. 소설집은『아버지의 땅』『그리운 남쪽』『달빛 밟기』『물그림자』『그리운 남쪽』『황천기담』『연대기, 괴물』등이 있으며 장편소설은『붉은 산, 흰 새』『그 섬에 가고 싶다』『등대』『봄날』『백년여관』『이별하는 골짜기』『돌담에 속삭이는』등이 있다. 한국일보 창작문학상, 이상문학상, 대산문학상, 요산문학상, 단재상 등을 수상했다. 한신대학교 문예창작학과 교수로 재직했으며 지금은 명예교수로 있다.

전남대학교 영어영문학과에 73학번으로 입학한 임철우는 혼자 소설 습작을 시작했고 군 제대 후 3학년으로 복학하여 교내 문학상에 두 번 연속 당선된다. 영어영문학과 4학년인 1980년 5월 휴학하고 황석영의 소설『한씨 연대기』를 각색한 연극에도 참여한다. 5월 17일 자정을 기해 계엄 확대와 휴교령이 내리자 연극 연습을 중단한 채 학생들은 각자 피신해야 했다.

대학생 임철우는 활화산 같은 시위 현장으로부터 두 번의 부름을 받는다. 가장 가까운 친구 P가 전화를 걸어 시위대 동참을 권유한 것이다. 그는 숨어 있던 방문을 열고 나와 약속 장소를 향해 걷는다.

불길의 한복판에 뛰어들어야 한다는 것이 두려웠지만, 그러나 당연히 그래야만 한다는 사실 또한 나는 알고 있었다. 하지만 약속 장소가 다가올수록 다리는 천근만근 무거워지고, 되돌아 가고 싶은 유혹도 그만큼 커졌다. 나도 모르게, 지름길을 놔두고 넓은 차도를 따라 걷고 있었다. 마침내 서점 앞에 왔을 때, 나는 모든 걸 운명으로 받아들이기로 결심했다.

임철우, 「낙서, 길에 대하여」 중에서

그날 친구와의 만남은 불발되었다. 다음 날 다시 한 통의 전화를 받고 또 시위 현장으로 나갔으나 이번에는 그가 선뜻 손을 들어 친구에게 향하지 못한다. 그는 그때의 선택으로 평생 어떤 마음을 형벌처럼 짊어진 자가 되어 버린다. 자의 반 운명 반이 이런 때 쓰여도 되는 말일까.

아무 일도 못 했다는 사실, 비겁하게 혼자만 살아남아 있다는 죄책감과 자책감, 부끄러움과 자기 혐오에 끝없이 시달렸다. 그때까지 나를 지탱해왔던 모든 것들이 한꺼번에 무너져 버리고 만 듯한 절망감, 어느새 감쪽같이 살인자들의 몫으로 둔갑해버린, 조작된 정의와 진실에 대한 미칠 것만 같은 분노와 증오에 짓눌린 채 나는 헐떡거렸다.

임철우, 「낙서, 길에 대하여」 중에서

항쟁 이후의 광주는 유언비어와 서로 간의 반목, 사라진 가족을 찾으려는 사람들과 다치고 죽은 사람들로 그야말로 아수라장이 되었다. 임철우는 처참해진 광주를 빠져나가 어느 섬과 해남 대흥사 앞에 은거하며 제정신이 아닌 상태로 지낸다. 그때부터 2년쯤 뒤에 서울의 대학원에 진학한 임철우는 "광주사태 때 정말로 그렇게 많이 죽었나? 자네도 직접 봤어?"라는 해맑은 얼굴들 앞에서 깊이 좌절한다. 광주 바깥에서는 그저 폭도들에 대한 흉흉한 소문으로만 떠도는 그곳의 사태를 온몸으로 겪은 자가 받은 충격의 강도는 뭇사람이 함부로 짐작하기 어려운 것일 터.

그래서였을까. 문학평론가 서영채는 임철우의 소설에 대하여 이렇게 적어 두었다.

실제로 80년대 초중반에 그가 써낸 중단편들은 신음소리로 가득 차 있다. 비명도 아우성도 아니다. 입이 틀어막힌 상태에서 흘러나오는 신음소리다. 모든 나무상자가 관으로 보이고, 냇물에 떠내려오는 꽃잎 같은 분홍빛 조각들이 아이들의 손톱인 세계, 처처에 시취가 물큰거리고, 스스로를 용서하지 못하는 살아남은 사람들이 자신의 정신을 파괴하는 세계, 거듭되는 악몽의 세계, 뚜벅거리는 발자국은 모두 군화 소리이고 모든 건장한 체격의 남자들이 공포로 다가오는 세계, 무기력한 아버지와 미쳐버린 어머니, 죽어가는 아들들의 세계이다. 광주는 그 세계의 한가운데 우뚝 솟아 있는 상징의 성채이다.

서영채, 「임철우론: 『봄날』에 이르는 길」 중에서

임철우는 소설의 화자가 아닌 냉철한 카메라의 눈으로 들여다보고 가감 없이 기록했다. 한 인간이 감당하기에는 불가한 것들의 최대치까지도 견뎌 낸 까닭일까. 그의 소설에 유독 많이 나오는 부사가 '한사코'다. 작가에게 깊이 체화된 단어 중 하나이리라.

억울하게 산화된 영혼들과 상처받고 짓밟힌 사람들의 마음을 위로하는 일은 때로는 인간의 몫이 아닌지도 모른다. 신의 소환을 받은 자가 존재할 수밖에 없는 이유다. 그가 쓴 다섯 권의 소설을 읽는 일은 많은 고통을 수반한다. 그러나 우리가 꼭 읽고 기억해야 하는 까닭은 그때의 일을 아직도 현실로 겪는 수많은 사람이 이 땅에 자리하기 때문이다. 그들에게 1980년 5월 광주가 과연 '지나간' 일인가. 반성과 후회, 깨달음과 기억은 누구의 몫인가. 그 역사가 지금 다른 옷을 입은 채로 어디선가 반복되지는 않는가.

과연 우리 모두는 그들로부터 자유로운가. 기억하고 읽는 일이 과연 그것으로 인하여 삶을 송두리째 빼앗긴 자들보다 힘들다, 말할 수 있는가.

언제나 그 섬에 가고 싶던 등대지기 같은 백년여관의 작가가 돌담에 혈흔으로 기록한 1980년 5월 광주다. 눈부시게 빛나는 그날의 아침이 한사코 우리 곁으로 다가든 봄날이다.

경기 양평 두물머리 최두석

물이 흐르고 꽃 있는 데는 그저 다 다녀 봤지요

꽃과 새 물길의 시라니
경기 양평 두물머리 최두석

새벽 시내버스는/ 차창에 웬 찬란한 치장을 하고 달린다/ 엄동혹한일수록/ 선연히 피는 성에꽃/ 어제 이 버스를 탔던/ 처녀 총각 아이 어른/ 미용사 외판원 파출부 실업자의/ 입김과 숨결이/ 간밤에 은밀히 만나 피워낸/ 번뜩이는 기막힌 아름다움/ 나는 무슨 전람회에 온 듯/ 자리를 옮겨 다니며 보고/ 다시 꽃 이파리 하나, 섬세하고도/ 차가운 아름다움에 취한다/ 어느 누구의 막막한 한숨이던가/ 어떤 더운 가슴이 토해낸 정열의 숨결이던가/ 일없이 정성스레 입김으로 손가락으로/ 성에꽃 한 잎 지우고/ 이마를 대고 본다/ 덜컹거리는 창에 어리는 푸석한 얼굴/ 오랫동안 함께 길을 걸었으나/ 지금은 면회마저 금지된 친구여.

최두석, 「성에꽃」

내가 막 시인에게 풀솜대 한 줄기 받아 든 그때 몇몇 사람이 양말을 벗고 물에 들어갔다. 그 모습을 본 시인은 말없이 가방을 짊어지고 더 깊은 산속으로 가 버렸다. 지금부터 10여 년도 훨씬 전에 학과의 문학 기행 차 방문한 검룡소에서의 일이다. 그 전에도 같은 이유로 시인과 이곳에 왔던 내가 옛일을 추억하며 풀솜대 이야기를 하니, 시인이 검룡소 지천에 널린 풀솜대를 가져온 터였다.

'각종 쓰레기'・'녹슨 동전들'・'불우이웃돕기' 등의 말이 물 위를 흐르자 가열찬 학생 몇몇이 계곡에 들어가 색 바랜 동전과 쓰레기를 거둬 모으기 시작했다. 검룡소를 무척 아껴서 자신이 쓴 시의 발원으로도 여기던 시인이 멀리서 보고는 그곳 사정을 짐작할 새도 없이 심기가 상해 버린 것이다. 그 검룡소에 우리만 왔겠는가. 등산 혹은 관광으로 올라온 사람들은 환경 정화를 하는 사람들을 보고 그저 그곳에서 발 담그고 노는 이들쯤으로 오해했고, 쓰레기와 동전을 모아 의기양양하게 관리소에 제출한 우리는 되려 혼쭐이 났다.

진달래 꽃잎 띄우고/ 그리움은 어디로 흘러가는가/ 겨울 골짜기에 얼어붙었던/ 슬픔은 어디로 흘러가는가/ 그리움은 슬픔을 만나 깊어지고 넓어지고/ 슬픔은 그리움을 껴안아/ 강이 된다고 넌지시 일러주며/ 하염없이 일렁이는 물살은/ 어디로 아득히 흘러가는가/ 여울을 지나 소를 지나/ 다시 오지 않을 생애의 한 굽이를/ 소용돌이치며 돌아

최두석, 「아우라지에서」

한강의 발원으로도 불리는 검룡소에서 내려온 물은 정선의 아우라지로 흐른다. 그 물은 황새여울과 어라연을 품은 동강을 지나 남한강으로 흐른다. 두물머리에서 남한강과 북한강이 합쳐져 한강의 본류로 흐르고, 임진강 맥을 만나 한강 하류의 머머리섬까지도 나아간다. 그 강줄기들이 끝끝내 만나는 것은 사람과 바다. 최두석의 시는 그 곡류를 고스란히 따른다.

사람살이와 새, 꽃, 강의 물줄기를 따라서 시를 쓴 시인 최두석은 1955년 전남 담양에서 태어났다. 마을에서 하나뿐인 서울대학교 국어교육과의 입학생이 된 스무 살 청년은 몰래 시를 쓰던 고등학생에서 본격적으로 시인의 길을 갈 수 있게 된 것이 기뻤다고 한다. 공부와 진학에 대한 기대감을 한 몸에 받던 고등학생이 마음을 분출할 수 있는 유일한 대상이 시였기 때문이다. 두 살 연상의 학과 선배와 결혼하여 1남1녀를 두었다. 시집『대꽃』에 실린 시「누님」에 나오는 "대학 과사무실에서 만난 선배 은숙이 누나".

최두석은 1980년『심상』에「김통정」등을 발표하며 본격적인 시인의 길에 들어섰다.『대꽃』『임진강』『성에꽃』『투구꽃』등의 시집 외에 평론집『리얼리즘의 시정신』과『시와 리얼리즘』이 있다. 2007년 불교문예작품상, 2010년 오장환문학상을 수상했다. 한신대학교 문예창작학과에서 시를 가르쳤으며 오월시 동인이다.

동학농민운동의 터에서 자란 까닭인가. 시인의 초기작은 '사람'을 향한다. 핍박받는 농민과 힘없는 사람들, 더 이상 목소리를 내지 못할 만큼 노동에 지친 이들이 집에 돌아와 씹는 찰기 없는 정부미 맛으로도 '사람'을 쓴다. 함께 민주화 투쟁을 하던 친구의 이름을 부르고, 차창에 어린 성에꽃마저도 사람으로 치환하여 시 속에 놓아준다. 이 땅에서 맨 처음 성에를 꽃으로 발음해 준 사람이 바로 최두석이다. 사람이 사는 곳마다 물길이 있듯이 겨울이면 성에가 낀다. 성에는 왜 유독 어렵고 힘든 사람의 곁에 피는 걸까.

그는 시 속에서 잊혀 가는 사람의 이름을 불러 주고 싶어 했다. 결국 시는 사람과 연결될 수밖에 없고, 시를 쓸 적에 시인 감정의 투여보다는 제재의 특징을 그대로 드러내어 쓰고 싶었다는 말로 우리에게 '자연'과 '리얼리즘 시'를 해석해 준다. 김통정, 전태일, 서호빈, 권인숙 같은 사람 이름으로 시의 제목을 지은 것도 그 때문이다. 성에꽃을 호명하듯이 사람을 부른 시인의 마음이라니!

시인의 아버지는 풍수지리에 해박한 농민이었다. 그 덕분일까. 그가 자연을 대하고 시를 쓰는 방식은 여타의 사람들이 산과 강 그리고 바다에 가는 보통의 순서와 조금 다르다. 산 능선에 피어난 꽃들의 자리를 따라가거나 한강의 발원부터 본류와 하류까지 샅샅이 찾아다니며 사람살이의 모습과 강물이 굽이쳐 흐른 자국들을 두 발로 직접 디뎌 본다. 지리가 다소 떨어진 곳이어도 본류를 알고 보면 '한강'인 시가 꽤 많다.

한강의 발원으로 불리는 검룡소와 오대산의 우통수 그리고 경포와 동강 아우라지를 지나 강화와 충청, 전라, 경상, 제주와 백두에 이르기까지 그의 발길이 닿지 않은 곳이 없으며, 그가 시로 쓴 지명과 꽃들은 아직 쓰지 않은 것을 찾는 게 더 빠르다. 한강의 물길처럼, 사람의 혈맥처럼, 끊임없이 피는 계절의 꽃처럼 최두석의 시는 삶과 자연의 곳곳을 꾸밈없는 발걸음으로 디뎌 갔다는 걸 보여 준다.

사람들 사이에 꽃이 필 때/ 무슨 꽃인들 어떠리/ 그 꽃이 뿜어내는 빛깔과 향내에 취해/ 절로 웃음짓거나/ 저절로 노래하게 된다면// 사람들 사이에 나비가 날 때/ 무슨 나비인들 어떠리/ 그 나비 춤추며 넘놀며 꿀을 빨 때/ 가슴에 맺힌 응어리/ 저절로 풀리게 된다면

최두석, 「사람들 사이에 꽃이 필 때」

"꽃으로 시를 썼을 때, 우리나라 어디까지 가 본 거예요?"

여름의 초입에 두물머리에서 시인을 만났다. 약속 시간보다 다소 늦게 도착한 시인이 가쁜 숨을 고르며 두물머리 주변 강의 흐름과 지형의 변화, 그 주변에서 볼 수 있는 꽃들을 설명하는 참이었다. 질문이 다소 어색했던 탓인지, 아니면 꽃과 사람을 주제로 시를 쓴 이력을 속으로 되짚었던 것인지 시인은 한참 동안 강물을 응시했다.

"물이 흐르고 꽃 있는 데는 그저 다 다녀 봤지요."

시집 일곱 권을 모아 목차를 펼치면 그가 꽃과 사람과 새 같은 '자연'에 대해 시를 쓰며 다녀온 한반도의 지도가 그려진다. 따로 한반도 최두석 시(詩) 지도를 그려도 무방할 정도다. 그렇다면 시인이 시를 쓰기 위하여 디뎌 온 자리야말로 꽃이 피는 생명의 강물 그 자체의 시간 아닌가. 그것을 위하여 살아온 시간 모두가 그에게는 리얼리즘이다.

한강과 임진강이 합류하여/ 감돌아 흐르다가/ 밀물에 밀려 다시 회돌아 흐르는 섬// 한강과 임진강이 몸을 섞는/ 격정의 강물 위에 떠올라/ 서해로 가는 물결 하염없이 배웅하는 섬 (중략) 아무도 넘볼 수 없게/ 자신의 자리를 오롯이 지키면서/ 세월의 물살 고스란히 받아넘기는 이여// 내 자유롭게 훨훨/ 남북을 오가고 싶은 소망의 새 한 마리/ 가슴에 품어 살뜰히 길러다오.

최두석, 「머머리 섬」 중에서

인간사와 삼라만상이 모두 물줄기들 곁에서 이루어진다. 그 소리와 형태와 역사를 고스란히 받아 적은 이가 시인이 되었다. 한반도의 강과 바다 그리고 땅, 섬들과 산의 속속들이에 박혀 사는 사람들과 새들의 소리도 강줄기와 꽃의 형상으로 기어코 받아 적은 시인, 그리하여 마침내는 '사진으로는 찍을 수 없고/ 늙은 무녀의 목쉰 노래로 귓가에 맴돌며'(최두석, 「숨살이꽃」 중에서) 핀다는 숨살이꽃에게도 연대의 손길을 내밀어 준 사람, 최두석이다.

석굴암의 본존불상이 지그시 그들을 내려다보는 터에

시와 소설을 놓아두었다

225

송아지 울음 따라간 구름 속의라니 나그네
경주 동리목월문학관 박목월관

송아지 송아지 얼룩 송아지/ 엄마 소도 얼룩소 엄마 닮았네

송아지 송아지 얼룩 송아지/ 두 귀가 얼룩귀 엄마 닮았네

박목월, 「얼룩 송아지」

시를 읽는데 자연스럽게 노래가 읊조려지는 것은 비단 나만의 일일까. 몰랐다. 뼛속 깊은 자리에 새겨진 듯한 이 노래가 시에서 나온 것인 줄은. 게다가 그 작사가, 아니 시를 지은 이가 박목월 시인이라니. 그런 생각을 하면서도 저 시를 끝까지 따라 불렀다.

이 땅에서는 저 노래를 모르는 사람을 찾는 일이 더 빠를 것이다. 많은 사람이 이 노래를 자장가로 부르거나 보채는 아이 달랠 때 부른 까닭일 터. 고대에 집단가요가 있었다면, 현

대의 우리에게는 이러한 노래들이 있다. 뼛속까지 스며든 '엄마가 불러 주던 그 노래'.

　완연한 봄의 경주 불국사 진입로는 그야말로 주차장과 다름이 없었다. 우리는 그 위쪽에 자리했다는 동리목월문학관을 찾아가는 길이었다. 차라리 내려서 걸어가는 편이 빠를 것 같기도 했는데, 19개월짜리 아이를 동반한 터였다. 아이를 데리고 여기까지 취재를 오다니, 하며 나의 용감하고도 무모한 계획을 다시 한번 돌아보았다. 그런데 불국사가 이렇게나 인기가 많았나 싶어 인터넷을 찾아보니, 전국에서 유명한 겹벚꽃의 성지라는 설명이 연이어 나왔다.

　봄이고 경주인데, 게다가 겹벚꽃이라니. 차도가 주차장이 되어도 무조건 이해할 법한 단어의 조합이었다. 김동리와 박목월이라는 이름을 따라 경주까지 내려온 참이었다. 어디부터 들어가야 하나 고민하는 건 고사하고 아직 진입도 못 한 상태라서 기다리는 동안 이래저래 챙겨 온 동리와 목월에 관한 자료들을 살피는 중에 저 시를 만났다. 칭얼대는 아이를 그러안고 송아지 노래를 부르기 시작했다. 운전대를 잡은 아빠도 같이 불러 버려서 차 안의 제창은 돌림노래가 되었다.

　아마도 그 노래 덕분이었을 거다. 김동리관보다 박목월관에 먼저 들어간 이유는.

　강나루 건너서/ 밀밭 길을// 구름에 달 가듯이/ 가는 나그네// 길은 외줄

기/ 남도 삼백 리// 술 익는 마을마다/ 타는 저녁놀// 구름에 달 가듯이/ 가는
나그네

박목월, 「나그네」

시인은 1915년 1월 6일 경북 경주군 서면 모량리 571번
지에서 태어나 건천초등학교와 대구 계성중학교를 졸업했다.
그 후 일본에 갔다가 귀국하여 계성중학교와 서울 이화여자
고등학교 교사로 지냈다. 1962년부터는 한양대학교에서 근
무했다. 본명은 박영종이다. 본래는 경남 고성 태생이지만 백
일이 지날 무렵 부모가 경주로 이사하여 경주에서 자랐다고
한다. 대구 계성중학교에 진학했을 적에는 경주에서 대구까
지 기차로 통학하다 너무 힘들어 자취했다고. 돈이 다 떨어지
려고 하자 담임 선생님에게 부탁하여 학교 온실에서 지내기
도 했다. 온실에서 바라본 바깥세상이 소년 목월에게는 어떻
게 다가왔을까.

일본이 조선어 말살 정책을 폈을 적에도 목월은 굽히지
않고 한국어로 시를 써서 마루 밑에 숨겨 두었다. 그때 지은
시가 앞서 이야기한 「얼룩 송아지」다. 목월이 열여덟 살 때
일이다.

1946년 조지훈, 박두진 등과 함께 시집 『청록집(靑鹿集)』
을 발간했다. 「임」 「윤사월」 「청노루」 「나그네」 등의 시가
실렸다. 『청록집』은 박목월의 시에서 따온 제목이며, 그때부
터 박목월은 청록파 시인으로 문단의 주목을 받기 시작했다.

한국인의 정서와 간결한 리듬이 반복되며 읊조려지는 민요조의 시를 썼다. 시인 정지용에게 "북에는 '소월(김소월)', 남에는 '목월'(박목월)"이라는 헌사를 듣기도 했다.

박목월의 초기 대표 시는 「청노루」「윤사월」「나그네」「산도화」 등이며, 이들 작품은 『청록집』 『산도화』 등에 실려 있다. 현실적인 삶과 가정을 소재로 한 중기 시는 『난(蘭)·기타』 『청담(晴曇)』에 수록되어 있다. 후기에는 역사적 현실과 존재의 문제에도 천착하는데 사물의 본질을 추구하는 관념성으로 변화하기 시작한다. 『경상도 가랑잎』 『사력질』 같은 시집에서 그러한 특징들이 구체적으로 나타난다.

교사의 월급으로는 아이 다섯을 키우며 살림을 꾸려 나가기 힘들어 무척 곤궁하게 살았다고 한다. 박정희 대통령의 부인인 육영수 여사에게 시를 가르친 적도 있고, 육영수 전기를 집필하거나 대통령 찬가를 작사하여 어용시인이라는 비판을 받기도 했다. 그러한 행적에 대해 소설가 이호철은 '가난해서 그랬을 것'이라고 옹호했다.

훗날 교수가 된 아들이 논문을 보여 주자 빨간펜으로 교정 봐서 아들의 방문 앞에 다시 놓아둘 정도로 깐깐한 애정을 보인 시인. 후배를 시인으로 추천하는 데 매우 엄격하고 까다로워서 후배들이 무척 서운해했다는 이야기도 전한다. 시인 유안진에게 "유군은 국문과 영문과도 아닌데, 시 몇 편 좋다고 시인으로 추천했다가 사는 게 힘들어지고 바빠서 시 안 쓰면 추천한 나는 뭐가 되노?"라며 거절했다는 일화도 있다. 식솔이 딸린 가장의 책임감이 투영된 터다.

기러기 울어예는 하늘 구만리/ 바람은 싸늘 불어 가을은 깊었네/ 아아 너도 가고 나도 가야지// 한낮이 끝나면 밤이 오듯이/ 우리의 사랑도 저물었네/ 아아 너도 가고 나도 가야지// 산촌에 눈이 쌓인 어느 날 밤에/ 촛불을 밝혀 두고 홀로 울리라/ 아아 너도 가고 나도 가야지

박목월, 「이별의 노래」

1952년은 한국전쟁이 한창이었고 시인 박목월의 나이도 중년에 접어든 해였다. 그는 대학생과 사랑에 빠져 직업과 가정, 시인의 명예 따위는 모두 집어던지고 어디론가 사라져 버렸다. 그가 제주에 산다는 소식을 들은 아내는 그 길로 남편을 찾아 나섰다. 그리고 떠났으니 제주의 살림이 오죽했겠는가. 아내는 겨울옷과 얼마간의 돈을 그들 앞에 내밀며 "힘들고 어렵지 않냐?"는 말을 남기고 돌아섰다. 두 사람의 사랑은 그 길로 끝이 났다.

시인은 애석한 마음을 시로 남겼는데, 가곡으로도 유명한 「이별의 노래」다. 함께 지내던 제자도 아버지 손에 이끌려 제주항을 떠났다고 하는데, 제주 제일중학교 국어교사였던 양중해가 그 모습을 보고 가사를 써서 노래를 만들었다는 이야기가 있다. "저 푸른 물결 외치고/ 거센 바다로 떠나는 배/ 내 영원히 잊지 못할/ 님 실은 저 배야,/ 야속해라/ 날 바닷가에 홀로 버리고/ 기어이 가고야 마느냐"

1978년 3월 24일 새벽, 산책에서 돌아와 지병인 고혈압으로 쓰러져 세상을 떴다. 한국시인협회와 한양대학교 공동 주최로 장례를 치렀고, 시인은 용인 모란공원에 잠들었다. 그다음 해에 미망인과 장남의 손으로 엮은 유고 신앙 시집 『크고 부드러운 손』이 세상에 나왔다.

동리목월문학관은 불국사 바로 위편에 자리한다. 불국의 정토 위, 시와 소설의 자리라고 해석해도 무방할까. 경주에 가야 볼 수 있는 풍경이어서 더 특별한 것처럼 느껴지는 장소다. 천년 고찰과 등신불로 남은 소설가와, 자연과의 교감과 향토적 정서를 노래한 시인의 자리. 『청록집』도 유리관에 소중히 모셔 놓았다. 박목월의 시에 이끌려 찾았다가 김동리의 소설이 다시 읽고 싶어지며, 김동리의 소설을 따라 여행 왔다가 박목월의 시를 더불어 또 읽게 된다.

불국사의 겹벚꽃을 따라가면 동리와 목월의 문장들이 꽃잎처럼 넌출대는 곳. 석굴암의 본존불상이 지그시 그들을 내려다보는 터에 시와 소설을 놓아두었다. 진입로에 들어서는 순간 노래와 이야기로 두 귀와 마음이 꽉 차 버리는 경주 동리목월문학관이다.

백석이라니

'경주 편' 취재를 마치고 돌아와 피곤해하는 아이를 억지로 일으켜 어린이집에 밀어 넣었다. 어떻게든 엄마와 떨어지지 않으려 선생님께 강제로 들어 올려진 아이를 뒤로한 채 문을 닫았다. 공동 현관까지 아이의 울음이 퍼졌지만 꿋꿋하게 걸어 나왔다. 미안한 마음으로는 이도 저도 할 수 없다는 걸 아는 까닭이었다. 서둘러 돌아와 커피를 갈아 내리고 모니터를 켰다. 아무리 마음을 다잡아도 모니터에는 아이의 얼굴과 우는 소리가 고여 있다.

스무 살 천방지축이 어느 순간 작가가 되어 무엇을 제대로 쓰고 있는가 자문할 틈도 없이 마감들을 헤쳐 나갔다. 깊이와 넓이를 모를 수밖에 없는 정글을 단검으로 헤쳐 나가는 느낌이었다. 나의 속도로 나무를 베고 풀을 헤쳐 나가다 보니 남들과 보폭이 조금 다른 것은 어쩌면 당연한 일이었을지도. 가끔 하늘을 올려다보면 북 하나가 둥둥 떠 있는데, 북채 대신 맨손으로 그것을 두드리며 자는 꿈을 꾸었다. 나의 미숙함이 문장을 타고 고스란히 바깥으로 내다 뻗어지는 그 시간들을 보내고 나니 30대가 훌쩍 사라졌다. 그렇게 살 수 있어서 부끄럽고 겸연쩍었지만 주로 행복했다. 나의 것을 쓰고 그것을 위하여 외부를 읽는다는 자부와 자존이 척추를 세워 준 순간이었던 것 같다. 그런 채로 지난 시간들이 10년에서 두 해가 더 보태졌다. 단어로 평토를 쌓고 문장으로 지층을 덧대다가 한칼에 짜개진 단면을 맨눈으로 들여다보는 건 실로 멋진 일이었다.

내가 다녀온 땅을 문장으로 새겨 둔 곳의 주인들도 그랬을까. 이 기획을 강을 거스르는 모천회귀 생물처럼 되짚어 보자면 2014년에 가닿는다. 그해는 내가 첫 책을 냈고, 한국문화예술위원회 사업의 하나로 문학카페 유랑극장의 사회를 맡아 원주에서 제주까지 각 지역의 거점 문학관들을 순회하며 문학 콘서트를 진행한 때이기도 했다. 경남 통영과 진해에 내려가기 전 세월호가 바다에 가라앉았다. 청귤같이 푸른 아이들이 한꺼번에 죽었다. 유독 바다가 파랗고 춥고 아린 해였다. 경주문학관의 콘서트를 마치고 두어 명이 문무대왕릉이 있는 바다로 가서 크게 울었다. 바닷물이 너무 차서, 그 아이들이 이 추위에 그 검푸른 바다에……. 제주문학관까지 다녀

왔을 적에는 원주 토지문화관에서 다시 한번 행사를 해 줄 수 있겠냐는 제안을 받았고, 그때 객석의 김민기 선생과 김지하 선생 부부를 뒤늦게 발견하고 콘서트 도중에 식은땀을 흘린 기억이 있다.

돌아가신 작가들이 신은 아니지만, 문학관 행사 직전마다 "선생님, 아이들을 보듬어 주세요."라고 기도했다. 다시 눈을 떠 보니 당대의 슬픔과 아픔이 가닿은 자리마다 작가들의 문장들이 함께 하고 있다는 어떤 위로가 더욱 진하게 다가왔다.

그해를 지나와 다시 이 기획을 할 적에는 서울신문사 최여경 문화부장님의 힘이 크게 작용했다. 지면을 상의해 온 전화에 그럼 문학관을 좀 돌아볼까요, 힘껏 세워 놨는데 그 공간들이 시간을 어떻게 이겨 내는지도 궁금하지 않을까요, 하고 응대한 것이 이 일을 여기까지 데리고 왔다. 그때는 몰랐다. 코로나19 바이러스가 창궐하고 내 신상에도 큰 변화가 생길 줄은.

마스크를 쓰고 다니는 것도 낯선데, 사람을 만나는 일 자체가 위험이 되어 버린 순간이 다가올 줄은 아무도 몰랐을 것이다. 지금껏 들어 온 모든 전염병보다도 무서운 존재가 허공을 잠식하는 중에 나는 임신을 해 버렸다. 원주 토지문화관에 첫 번째 취재를 가야 하는 터, 그 전에 알아 버린 아이 소식을 어떻게 전해야 할지 난감했다. 워낙에 초기여서 아무에게도 말하지 않고 취재와 첫 연재까지 마쳤는데, 그때의 조마조마함이 그 연재를 시작으로 여기까지 왔다. 출산 전날 광명의 기형도문학관을 취재하는 중에 팀장님께서 언제 출산이냐고 묻기에 내일이요, 했더니 주변에서 다들 비명을 질렀다. 대체 왜 왔냐고 해서 취재……, 라고 다시 말씀드렸더니 매우 극진하게 보살펴 주셨다. 기저귀 가방으로 쓰라며 에코백도 두 개나 챙겨 주시는 한편 최대한 빠르고 신속하게 사진을 찍을 수 있도록 모든 조명과 동선을 점검해 주셨다. 그 기사는 산후조리원에서 썼다. 출산 후 취재를 해 놓고도 사진이 모자라서 다시 가야 했을 적에는 임회숙, 석양정 작가님의 도움을 받았다.

　김승옥문학관에서는 특별히 김승옥 선생을 인터뷰할 일이 있었는데, 동석한 누군가 나의 임신 소식을 전하자 선생께서 그날 처음으로 입을 열어 "좋다!"고 말씀하셨다. 어쩐지 눈물이 날 것 같았다. 뒤이어 전해 주시기로 한 인터뷰지는 오늘도 도착하지 않았다. 선생께서는 아직도 인터뷰의 답변을 위해 갈대숲을 걷고 계신지도 모르겠다. 책이 나오면 꼭 찾아뵙겠다고 약속했는데 지킬 수 있어 정말 다행이다.

　이 땅에는 여전히 무수히 많은 작가가 밤낮으로 읽고 쓰고 있다. 읽었고, 썼고, 남겼다. 그 숨결과 문장들을 찾아 나서는 길은 일반 여행과 다르게 조금 색다른 문장의 결들을 따라가는 일이었다. 먼 곳까지 가야 해서 이것저것 챙기다 보니 가장 커다란 트렁크 한가득 짐이 차기도 했다. 매월 어딘가를 찾아다녀야 하는 여행 속에서 아이는 자라났고, 우리 부부의 여행 짐은 단출해졌다. 이 취재기, 아니 여행기는 아이의 처음부터 지금까지의 모든 것을 담고 있는 것 같다. 햇수로 꼬박 3년, 30회 가까이 이어 온 이 연재를 모아 책으로 만들자는 제안을 받았을 적에는 기쁘기도 했지만 어디서부터 어떻게 고르고 담고, 또 수정해야 할지 알 수가 없어서 다시 허공의 북을 맨손으로 두드리는 기분이었다.

그래도 처음에 아이 소식을 홀로 안고 코로나19 바이러스를 피해 휴게소도 못 들르며 찾아간 그 마음만 하겠는가, 생각하니 문장을 이어 갈 수 있었다. 목차를 훑어보며 이 작가들의 면면을 '정말 내가 찾아봤다고?' 하는 생각이 든다. 한국 문학사 전반을 여행한 기분이다.

여기 모인 글의 힘 팔할은 작가들의 문장이다. 단순히 그 문장들을 따라 한국의 지도를 펼쳤을 뿐인데 한 권의 책이 만들어졌다. 백석이 사랑하는 여인을 기다렸다는 충렬사 계단에 우리 세 식구가 모여 앉아서 커피를 마셨고, 김유정이 연서를 썼던 마을에서는 소설이 어떻게 마을 하나를 이룰 수 있는가에 대하여 감탄했다. 봉평의 메밀밭을 둘러보며 '이야기의 힘'에 전율하기도 했다. 소설 한 편이, 책 한 권이, 한 작가가 현재의 마을을 세워 둔 게 아닌가.

나는 이래서 문장이 좋다. 예전에 읽은 것들을 또 읽을 때의 새로움과 시간을 거슬러 온 힘이 담긴 서사들이 현재의 우리를 기꺼이 잠식하는 그 일들은 실로 경이롭기까지 했다. 백석을 사랑한 여인 길상화의 헌신은 무어라 말할 수 있을까. 전 재산이 백석의 시 한 줄만 못하다는 그 여인의 마음을 나는 앞으로 어떻게 해석해 가야 옳을까. 4월이 되어 제주에 갔고, 5월에는 광주의 핏빛 봄날로도 찾아갔다. 누가 가라고 등 떠밀었다면 못 갔을 그곳을 기꺼이 문장을 안고 업고 읽고 갔다. 작가의 땅, 아니 작가의 힘이라고 굳건히 믿었다.

한반도의 지도를 펼쳐서 그동안 다녀온 길을 이어 보았다. 하늘을 두드리던 맨주먹을 펼치니 땅의 지도가 손금에 와 박혔다. 손의 지도를 따라가 보았더니 작가들이 먼저 거기 와 있었다. 그들을 만나고 온 이 여행이 앞으로 내가 어떤 삶을 살아가야 할지를 가르쳐 주었다.

그 모든 길을 처음부터 끝까지 함께 해 준 주환 씨와 다인에게 고마움을 전한다. 이은선의 땅은 이주환을 만나기 이전과 이후로, 우리 둘의 땅은 이다인을 만나기 이전과 이후로 나뉜다. 이 셋의 조합이 써 나갈 다음의 문장들을 기다린다. 사랑한다는 말로 내 마음을 표현하기에는 그 단어가 이제 내겐 조금 작다.

선뜻 원고를 묶어 책을 만들어 주신 출판사 '마저'의 대표님 덕분에 나의 '다음'을 생각해 보게 되었다. 대표님의 혜안으로 결정된 제목과 목차의 힘을 살펴보며 이 책이 나만의 것은 아니라는 사실을 절감했다. 그럴 수 있는 땅을 마련해 주신 대표님에게 내 마음에 있는 감사함을 '마저' 보낸다.

신문 연재를 따라 읽어 주고 책을 기다려 준 분들과 일일이 손을 맞잡는 심정이다. 가능하다면 책 속의 작가들과 함께 커피 한잔 마신다는 생각으로 이 글을 즐겼으면 좋겠다. 나는 커피를 마시기에 좋지 않은 날은 없다고 믿는 사람이다. 살다가 어느 순간에 우리가 마주치는 기적이 일어난다면 기꺼이 두 잔 정도의 커피는 내가 사겠다.

　　양손에 커피잔을 올리기 위해 펼칠 당신의 손바닥 속 지도가 조금 더 향긋해지기를 바라며.

　　故 주인석 선생님의 영전에도 커피 한잔 올린다.

HeeJung Kim/hij/holosugi****/hyuni/Jin Yong Jun/KSY/Maria H. Jin 진희경/memine/niru/

scienar****/short****/sky복구름sky/SOPI/teddy****/Woong Choi/Yongim Lee/가난한후원자/

강경모/구름/권혜린/긍정/김경모/김동휘/김미현/김상우/김선영/김수형/김정혜/

날애/농안농/닉네임은밝혀둘수없습니다/리을/미니미/미프로/미화/박경숙/

박소해/박유하/박은진/박주영/박지민/박지예/반달뜨는꽃섬/변민영/보봉/

보슬보슬이슬비/비야/서아/서유미/세진/수랭수랭/수잔/수지아/수진/숙구류바/

스노우파이/신수림/썸멜/여지현/위너/유미/유진/윤수빈/윤은화/은미/

이지혜/이진미/임슬기/임정현/잉잉이/자연숲(다니엘라)/자칭천사/전명원/

정보현/정지윤/조서정/주식회사판문채책인감/최정호/추장의딸/

춘천퀴어문화축제조직위원회/카퍼필드/토순이/톰테/패니/하나/혜영/

황형철황형철

《백석이라니》를 후원해 주신 여러분 감사합니다

후원자 닉네임

나야 나 / 여자르 / 메 / 좀머 / 황선향 / 감자 네 / ImGyeongmook / miri / UNIBIRTH / 박설희 / 양규 /

홍희정 / Boram Kim / 각시붕어 / 공감제작소 / 김경숙 / 동석 / 라라라라라라라라 /

맛문하다 / 바람 / 박지음 / 베로베로 / 비녀 / 서유미 / 석양정 / 이승신 / 이현지 / 전석순 /

정이 / 채기성 / 청색종이 / 초체 / laffwj*** / 공주로 / 성군 / 유순예 / 김해숙 / 김선혜 / Annie /

fika / Gwangsun Gwun / Jung Heejeong / oko*** / Seo.Esther / wezard / 고재옥 / 국영주 / 김명희 /

김시은 / 김윤정 / 꽃보다잔디 / 나무와 새 / 낭만고양이 / 따스한 / 매일그대와 / 문작가 /

바람돌이 / 바람종세경 / 박정아 / 박현근 / 선영5 / 세하 / 손자연 / 안서연 / 얼씨 (EARTHY) /

예유나 / 오리냥 / 우연주 / 이경혜 / 이유정 / 이정록 / 인애박 / 임미재 / 정우영 / 조연미 /

종원 / 지구불시착 / 지현 / 최분임 / 최선경 / 최여경Yeokyung / 텀블벅 / 민지 /

변성희 / Ayoungcho / dartman*** / eeffoc / Ellie의 이쁜나무 / emrofyarp / Endof / H / hakan / haprin /

연 최윤진 김경원 길주연 홍선하 이성희 김희정 나희주 남화

진 박현이 전진용 김남경 마리아 단미 허혜정 양연주 최장미

이슬기 김진주 최웅 이용임 박지영 강경모 진서윤 권혜린 이

가은 김경모 김동휘 김미현 김상우 김선영 김수형 김정혜 유

신혜 송예림 YK] 김가람 기정민 정미 수선화 박경숙 박소해 (박

초로미) 박유하 박은진 박주영 박지민 박지예 이은선 변민영

임보 이슬비 박지애 최서아 서유미 박세진 신수련 매수전 김

지아 박수진 하숙현 김은지 신수림 진소은 여지현 신의진 정

현숙 민지원 임유진 윤수빈 윤은화 이은미 이지혜 이진미 임

슬기 임정현 배윤경 노윤경 김동옥 전명원 정보현 정지윤 조

서정주식회사 판문 이철재 최정호 한연희 류예지 임수영 정

소현 고민정 심하나 안혜영 황형철 김혜정

《백석이라니》를 후원해 주신 여러분 감사합니다

책 선물 받는 사람

임회숙 이소연 황선향 이주환 임경묵 최은미 김국희 박설희

안규화 홍희정 나문주 이은비 김경숙 남궁동석 이란희 박순

형박지음 이혜인 서유미 석양정 이승신 이현지 전석순 강정

이채기성 김태형 김학찬 박소정 공주로 안성군 유순예 김

해숙 김선혜 Annie 김정윤 정희정 김광주 서연춘 전도사입니

희김재혁 이정희 문영남 김세경 박정아 박현근 오선

다김호현 고재옥 국영주 김명희 김윤정 이홍규 이병일 임진

영박세하 손자연 안서연 서송이 예유나 유복녀 우연주 이경

혜이유정 이정록 박인애 임미재 정우영 조연미 김택수 석지

현최분임 최선경 최여경 석민지 변성희 아용용 정기수 임성

백석이라니

초판 1쇄 발행 2022년 7월 28일
초판 2쇄 발행 2022년 11월 24일

지은이/이은선
교정 교열/노경수
편집/오현지 김택수
디자인/김택수
펴낸곳/출판사 마저
펴낸이/오현지

주소/강원도 춘천시 소양고개길 50 2층
전자우편/bookmz2021@gmail.com
인스타그램 @booksm_z
ISBN 979-11972591-7-3

*책값은 뒤표지에 표시되어 있습니다.